我隨意・你盡量

王昭華 著

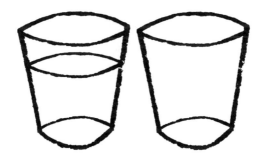

CONTENTS

目 次

〔集序〕

花埕照日，巷尾弄風

（依姓氏筆畫排列）

　　彼囉 台語會使耍兮方式真濟 寫散文也是其中之一 我兮「姊妹也伴」王昭華小姐（我較合意 kah-i 叫伊果子華）

　　伊毋若會寫曲 會彈曲 會唱曲兼會拍拍 phah-phik 頂好講是文武雙全 對著寫文章 奚親像桌頂拈柑 輕輕鬆鬆

　　會焉爾講不是咧給伊褒 事實是伊對著事物兮觀察以及聯想力確實有伊獨特兮所在 過揀 過篩了後 就變成一篇一篇予人看了會深思 會肖念 會感覺心適兮台語散文《我隨意 你盡量》這本台文散文 彙集伊多年來寫作兮精華 值得置這給您誠懇兮推薦 讚啦～

　　　　　——恆春兮（職業黑手兼資深廣播人）

　　論真講起來，我是昭華的迷眾，無論是文字抑是歌聲，

我攏一直咧逐伊的味。

　　初初捌伊的時，是佇樹風微微的淡水河邊，昭華用伊軟聲好聽的台語歌聲，共我對人群當中踅過去，免半晡，伊就共我鬱幾若十冬去的台語，勻聊仔放哀，才發覺：原來，台語嘛會當遮爾仔文氣。

　　文氣，嘛是我對昭華台語散文的認知。

　　花埕照日，巷尾弄風，伊就是有才調共白洴無味的生活，用上四常的文字，予咱啖著這個世間的鹹酸苦澀，鼻著世情的是非芳臭，落尾才發覺：昭華的隨意，是咱愛盡量去斟酌的。《我隨意，你盡量》，讀了後，保證你會佮我仝款，牢咧！

——洪淑昭（台文作家）

　　讀昭華老師的文字，感覺著台文文學提煉文字的功力，若親像看著台語文學精彩的書面化過程，

　　每一段文字攏感覺著台語的思考過程，這毋是慣勢華語思考的寫作，是嫷氣閣幼路的作品。

　　你會鼻著淡水河邊濕濕的日頭，行過重建街仔、祖師廟、媽祖宮，淡水老街會共你的跤步留落來。

——張嘉祥（小說家、裝咖人樂團主唱）

　　寫淡水的作品濟甲若山，這本的台文是純甲；立志寫大散文的作家蓋有，這本掛錄音。

　　台語散文的藝術性，語言和文學總算是合體矣：像淡水黃昏的霞彩，四常是遐爾仔媠。

　　做人高尚咱呵咾伊是人格者，向望王昭華繼續行踏、一本一本出，成做正範的散文者（sàn-bûn-tsiá）。

──鄭順聰（詩人、台文作家）

〔推薦序〕

唸讀王昭華《我隨意，你盡量》

呂興昌

　　昭華這本冊的電子稿讀完，部分聲音檔聽了，誠感慨！足歡喜！嘛有真大的向望！

　　感慨 --ê 是伊規本冊，聲聲句句所致意的就是，台語的序大愛繼續拍拚寶惜咱的台語、台語的序細佇個手頭毋管是無意抑是無奈何（ta-uâ），千萬毋通予個的後生查仔囝將來揣無家己的母語！

　　足歡喜的有三點：第一、昭華的台語，一直有咧精進，凡若伊原本無咧講抑是毋捌的話語，聽老輩的抑是別所在的人有咧講，伊攏會真對重真抾拾，閣共伊寫入去作品裡，親像〈泱〉這篇，寫河心一隻船，往海口的方向駛去，船共河水一逝直直剪 -- 開，做雙爿開去的長湧，一湧揀一湧拍來到港垗，人攏講「船過水無痕」，對有痕到無痕，也著愛時

間。船尾拖長的痕，變成一巡一巡溢過來的湧，人共講，彼台語叫「泱（iann）」，也就是「烏仔魚滾大泱」的「泱」。伊才想起過去佇澎湖採錄著的褒歌有一首「海湧起波白 iann- iann，六跤全鬏少年兄；著赴台灣趁較有，毋通踮厝半沉浮。」前後對照真有畫面。

　　第二、昭華的文學書寫定定將個人淡水的生活點滴佮淡水開墾發展的地理變遷寫做伙，予咱感受著伊對土地的情深意重，伊毋是淡水出身的在地人，毋過佇淡水二十外冬讀冊、食頭路的經驗，伊的精神佮靈魂已經變成無輸淡水人矣；何況伊屏東查囡仔，敢若早就「真」淡水矣。佇上尾仔第二十彼篇，篇名叫〈上淡水往事追憶〉，伊有註解講彼是仿李國銘〈下淡水往事追憶〉來號名的。伊佮李先生無熟，毋過真感心有人將故鄉屏東的事誌寫 kah hiah 周至，所以有將華語版的〈下淡水往事追憶〉譯作台文，這馬家已寫淡水、寫靈魂中的另一个故鄉，伊就真自然號這个名矣。

　　第三、昭華所寫的，開始親像攏是生活中誠平常的細項事誌，毋過因為伊關心的議題定有特別的意義，致使咱看伊講咧講咧，就會牽對過去的人佮歷史，一路看落去，就會感覺伊毋是清清彩咧話個人的私事，是有社會／歷史代表的

（tik）ê 背景 ê，所以咱才會佇伊咧寫北新庄佮滬尾街的時，講著杜聰明，講杜聰明就是北新庄車埕百力戛人，細漢的時猶有土匪，十一歲入滬尾公學校，對厝裡到學校攏行路，一逝路十公里遠，愛行兩點半鐘，逐禮拜攏拜六轉去厝裡看老母，禮拜下晡閣轉去學校。按呢一直到畢業攏是行路。尾仔畢業考入醫學校，佮台灣新文學之父賴和共班，才有個做伙對台北用行 --ê 轉去彰化的事誌，彼有法度步輦行到彰化，一逝路遠拄天，杜聰明公學校六冬的步輦訓練，昭華的記事成做是足有歷史厚度的書寫。

最後 beh 祝福昭華，向望伊的冊出版了後會當引起真好的影響：對想 beh 行台文創作這條路的人揣著一本好讀、趣味閣有台灣主體思考的見本，予個有樣看樣掠著台文書寫的手路佮 tsai-bat（知識）。

另外，對徛佇第一線的台語教師，特別是國中高中這沿的，這本冊除了會當提昇學生仔文學欣賞的素質以外，嘛會當進一步激發、鼓舞個對家己現實生活中 liu-liu khok-khok 的大細項事誌產生重視感、互相分享，互相討論，成做一種日常生活的觀察、反省，了後引揣個用台語共寫 -- 落來，字免濟，一兩段仔就好，等個對這種模式按好奇生趣味，紲

落去慣習成自然，予遮的少年兄漸漸感覺、知影這倍用華語咧寫文章有啥乜精差的時，個就會練成一把雙聲道的思考工夫，予個歡喜選擇佮生命上蓋四配的台語來書寫上有感情、上有理氣的生活經驗。按呢，昭華的台文書寫算是正面行入教育體制，影響大範，值得期待。

　　*呂興昌，彰化和美人。台灣大學中文系碩士。曾任成功大學中文系教授、清華大學中語系教授；後任成功大學台文系教授兼系主任。現已退休。

〔推薦序〕

傳說中的淡江奇女子

林生祥

　　就讀淡江大學的時候，從吉他社學長姐的口中得知，有一名淡江奇女子，名字叫做王昭華，經常出沒在水源街「品豆咖啡館」，據說永遠坐在最裡面角落的那個位子。有一天我也去了那家咖啡館，咖啡館在二樓，小小的，果然最角落的那個位子有一位女子坐在那裡，我不認識她，也不知道她是不是王昭華？女子一個人坐在那裡讀書寫東西。我要離開的時候，她依舊坐在那裡，於是我鼓起勇氣喊了一聲：王昭華！看是不是她？女子回頭了，我問她說：「妳是王昭華嗎？」女子點頭，我就這樣認識了傳說中的淡江奇女子。

　　我們很快變成熟識的朋友。

　　昭華當時在寫台語歌，我也已經開始寫客語歌，不時互相切磋創作。昭華的閱讀量比我大很多，文字的書寫也很

多，我很早就知道她很會寫，並且建議她出書成為作家，她都搖搖頭說：「找不到動力，還不想做這件事」。

從淡江畢業以後，我們依舊選擇待在淡水生活，三不五時見面，友誼繼續。

二〇〇八年我的女兒出生後，我很少使用淡水瓦窯坑的三合院，於是搬離了淡水，以美濃為主要的生活據點，但我們的友誼繼續。

我知道昭華的台語文很厲害，每次要寫台語歌，我都會第一個想到諮詢她的意見，並且為我校正發音，我一定得經過她這一關，我才有自信站上舞台唱台語歌，到了現在都還是如此。

二〇一七年我接下了電影《大佛普拉斯》的配樂工作，並且跟監製、導演討論書寫片尾曲的可能，我第一個還是想到了昭華，昭華是我遇過有能力填詞不會倒音的人，現在有這樣能力的人已經是稀有動物了，必須集文學、音韻和音樂的統合能力才有辦法勝任。昭華在接到我的曲子之後，只用了兩天就把詞填好了，一字不改，就是精準，這首歌叫〈有無〉，後來這首歌讓我們騎了金馬，拿到金馬獎最佳電影歌曲，我們友誼路上開出了美麗的花。

　　昭華出書了，終於！我還沒有問她到底是啟動了什麼神祕開關，讓她找到動力寫書？讀著她寫的台語散文故事，尤其在淡水生活的種種，感覺都在我的眼睛演電影，並且還有好多我不知道的淡水。

　　這是我第一次讀台語的散文，為了友誼，我努力啃了下去，才發現閱讀不難，一些我原本不懂的文字，讀過幾次之後，慢慢地被我猜中了，這個閱讀經驗有一點像最初讀簡體中文的過程。

　　昭華的文字不煽情、不炫技，就好好的說一個故事，文如其人。

　　我親愛的昭華，恭喜妳願意出書，我的心裡為妳開心，祝福妳的書大受歡迎，啟動生命裡神祕的幸運開關。也希望我們的友誼繼續，我們再一起合作寫歌曲，或許上天會願意讓我們再騎一次金馬，一起相約去旅行，一起在旅行路上喝到掛，然後把一輩子吐出來！

　　＊林生祥，美濃山下歌手。目前發表十一張音樂專輯、三張電影配樂專輯，拿過九座金曲獎、十座金音獎、一座台北電影獎、二座金馬獎。閒雲野鶴，走唱天涯。

埔頂欲落崎
Poo-tíng beh lȯh-kiā

下晡四點外，規个埔頂蟯嗤喳[1]。真理街一路迵到底，文化國校、淡水國中、淡江中學、真理大學……下課的學生囡仔，若予人關規工的動物仔，一下放出櫳仔，遮走、迄傱，大細聲唏嘿叫。

一台車會過得的真理街三巷，挾佇國小佮國中中央，散步對迄行過，袂輸「兩岸猿聲啼不住」，少年囡仔的活力實在是「潑」，噓嘩的吵鬧對兩爿若大湧淹過來，啊，穿腦矣！

一路行去，我變做貼佇海溝底寬寬仔向前的踮沬船[2]，規

1　蟯嗤喳 ngiàuh-tshih-tshā：似蟲蠕動。

2　踮沬船 tiàm-bī-tsûn：潛水艇。

大陣細細尾的魚仔、魚仔栽，佇四箍圍泅來泅去，有的冊包重錘錘，有的興咧揣好食物，有的攏無咧看路。我是鐵殼的踮沬船，毋是魚，少年囡仔彼款活跳、彼款潑，已經無去。

　　斜西的日頭猶未予雲閘著，黃金仔黃金。小白宮的圍牆仔頂，旋甲密密密的珊瑚藤，花期咧欲過矣。「淡水河邊」停車場的白鐵仔欄杆，按怎看都感覺鑿目，私人的土地，佮古蹟園區的質感袂一致。

　　這下晡，我對停車場邊仔的小路落去，一坎一坎落崎，才落無幾坎，風裡隨衝[3]過來一港薰味——我頭一下共幹正爿，喔，三、四个國中生，有徛咧的、有跕咧的，當佇擋塗牆的坎仔頂咧逍遙，食薰。

　　彼逝落崎的小路，倒爿是山壁，正爿是溝仔，埔頂的水，應該就是按這條溝排落去淡水河，平常時仔聽有水聲、看無水影，規條溝攏予野薑仔、咸豐草、鹿仔樹崁牢咧。正爿路堵的欄杆外，按上懸頂落來，做三堵擋塗牆共大崎切做三崁，崁仔頂栽一寡花草，頭一崁種筆筒樹，氣氛變偌神

3　衝 tshìng：襲。

祕、原始咧。

　　食薰的少年仔徛佇上下底的第三崁，若像徛佇一座舞台仔頂，一座都無兩塊榻榻米闊的小舞台，佇後面的紅毛塗壁佮倒手爿的小路掠外，摔落去就是溝仔底矣——我看著佇的時，日頭嘛拄好像舞台燈，對觀眾席頂頭炤對佇身上。

　　「啊！這裡真是抽菸的好地方！」我以「路人甲」的身分，講出這句台詞。佇看我，我看佇。

　　有影是少年囡仔，十三、四歲仔爾呢。學校放學，大概是發現這个祕密的好所在，因為按頂懸看落來根本看袂著這塊平台，食薰、吹風、看河景，足安全！我若是佇，會幻想家己是一位游擊隊員，日落黃昏時，佮兄弟佇山溝邊歇睏，食一枝仔薰，喂！注意一下！對樹仔縫看出去，看淡水河口有大船入來無？山跤中正路有啥物動靜無？啊！有聽著無？大的一埲屎欲共漩對溝仔底矣……

　　我看佇，佇看我。「路人甲」徛無兩秒鐘久，笑笑--仔，繼續落崎。

　　「請問，你是老師嗎？」其中一个原本佮兄弟有講有笑的「游擊隊員」，毋驚歹勢誠好膽，直接問我——是一位有禮貌的少年囡仔呢。大概驚我是老師，毋知會去共學校投

袂。

「不是。只是長得很像老師。」實在有想欲佮個加講幾句矣，略仔躊躇，猶是繼續落崎，莫拍破個的逍遙。

十三、四歲的少年囡仔，放學攏去佗位？我無食薰，若無，會當佮個佇彼个崁仔頂食--一枝。是講薰蓋毋好，尤其當咧轉大人，若食甲胸崁實實[4]，中氣袂順，十八銅人吞較濟罐嘛轉袂過。

下晡四、五點，逐家攏咧無閒。放學的學生趕欲補習，辦公室上班的早就無電矣，家庭主婦準備欲煮暗頓，做生理的嘛是閣咧顧店。欲像這幾个少年囡仔按呢，朋友招招咧，來祕密的好所在食薰，話仙，小放蕩──人生，欲有像按呢的時刻，原仔無蓋濟都著。

　　　　　　　　　　2006.01.05 花埕照日，2023.1 修

4　實實 tsa̍t-tsa̍t：鬱結。

天公生
Thinn-kong-senn

　　正月初八，出大日，年假結束的拜一早仔，各行各業開工，逐家開始無閒，日頭跤，我敢若猶未轉來淡水，心閣佇下港的田園裡，規園的白粉蝶仔颺颺飛，嘛是無閒 tshih-tshih。

　　永樂巷口落車，按算去市仔買幾項菜。巷仔路過龍山寺廟前，接長躼躼的清水街，人插插插。傳統的菜市上自由，啥物喝賣聲都有，就是無彼款華語標準的嬌聲，袂輸無所不在的藏鏡人覘佇天篷、壁角，魔音穿腦勸你著投降：「各位親愛的顧客，您好！歡迎光臨○○××……」一再提醒咱佗一項商品咧拍折優待，把握機會欲買愛緊喔！──甜粅粅的聲情、氣口，明明是欲大力一下損予你戇，搶你，總也是慈悲，笑笑仔用搝的、用扶的、用喥的、用洗腦的。

　　佇傳統市仔，袂有人一直對我宣傳啥物節欲到矣，「節」

的氣氛毋是靠放送，是愛家己去感受的。初一十五，鮮花、素果生理特別好，年節前賣豬肉的肉愛攢較濟。像咱這款無做人新婦、嘛毋知道理的，後知後覺，攏是入去到菜市看著人欲辦牲禮，店仔排出紅龜、紅圓、糕仔粿，花店哪會攏阿婆阿桑咧買花，偷聽人講話，才知影，嘛才會去想著：著乎，下昏暗愛拜拜，明仔載天公生。

　　都市人做傷久，「拜天公」的記持，煞若原始人佇磅空口坐咧烘火燼燒遝遙遠。我做囡仔的時，暗時九點外就愛夆趕趕去睏矣，干焦拜天公這工，會當迨迌到十一、二點，等「子時」拜天公拜好，才去睏。大漢了後，早就變成暗光鳥，無共想攏袂記得，囡仔時「三更半暝」的標準，就是正月初九拜天公，彼嘛才十一、二點爾，猶早咧！

　　無法度閣倒轉去矣，囡仔時感受著的「三更半暝」拜天公的氣氛。彼有一種神祕，比七月時仔拜好兄弟閣較神祕，毋過，是一種會真好奇，但是袂感覺恐怖的神祕。

　　「天公」生做啥款？啥物人有看過？「天公生」，天公

是啥人⁵生的？⋯⋯神明的代誌，袂當烏白講話，囡仔人有耳無喙，拜拜，恬恬。恬恬就恬恬，吞落腹的疑問，佇腹肚底 ku-lu-ku-lu 化做無衛生的屁：有「天公」，敢有「天婆」？人土地公有土地婆，雷公有雷母呢！天公是神毋是鬼，是按怎愛佇半暝仔拜？聽講，天公是天庭上大的神，也就是玉皇大帝，管所有的神──按呢我知，天公穩當是「天頂的蔣總統」！

　　子時的天，暗摸摸，星一點一點，原底清靜的暝，開始予遮一陣、遐一陣的炮仔聲拍破，是無二九暝辭年遐鬧熱，較成家家戶戶竹篙鬥菜刀約欲起來反的信號（中秋月餅的故事烏白鬥），彼是人拜拜拜好矣，欲共天公祝壽。炮仔放煞，囡仔人就會當去睏矣。隔轉工日時，正月初九，衫仔褲袂當曝佇外口，予天公看著無禮貌，細漢，阮阿媽攏按呢交代。

　　原來天公是有目睭的。俗語攏講「天公疼戇人」，想真嘛是有理，天公若無疼戇人、世間無遮濟戇人，伊凌霄寶

5　啥人 siáng：誰。

殿玉皇大帝的位，哪坐會牢、坐會久長？帝、后、王爺、將軍……對天庭到地獄，規組規縮的封建體制，無戆人攑香綴拜，廟哪有通愈起愈大間。

　　菜買好，對清水街另外一頭軁出來，沿中山路一條仔囝[6]的人行道，行去淡水客運總站，等往北新庄仔的車。貨櫃改裝的候車亭，一組長椅條[7]，已經坐幾若个老人，上邊仔彼位，一對少年仔占去──十五、六歲仔，猶芘沢的學生囡仔款，兩人坐一位爾，毋是好禮欲讓座予老大人，是青春當咧發燒，查某囡仔坐查埔囡仔大腿，兩个攬牢牢咧相唅，唅甲毋知人。規排的老人，無一个越頭去共個看，就連坐少年仔隔壁托[8]拐仔的阿伯仔，嘛干焦[9]一直看頭前，目睭皮冗冗[10]開一細縫，毋知內底的烏仁敢有使斜目，共個偷眼？

6　一條仔囝 tsit-liâu-á-kiánn：一小條。

7　長椅條 tn̂g-í-liâu：長椅。

8　托 thuh：柱著、撐。

9　干焦 kan-na：只有。

10　冗冗 līng-līng：鬆弛。

　　候車亭頭前，燒烙的日頭光曝佇逐不時塞車的街路，規个冬天寒冷的濕氣沓沓仔散去，關袂牢的春光，萬物獻媚的春意，春風微微，風中有隔壁加油站今仔[11] 落價的汽油味。

　　一个阿婆寬寬仔行倚來，手裡兩把花，閣揹甲一堆菜。

　　「哎喲！啊你買甲遐腥臊！」亭仔跤另外一个阿婆看著，咧共招呼。

　　「啊都下昏[12] 欲拜天公啦！」略仔曲痀的阿婆，揣著位，慢慢仔坐落來。

　　「哎喲！啊拜拜你毋就予少年的去款就好，哪就閣家己出來買？」

　　「少年的，一人一路去矣。」

　　「你毋就放予個去款，莫共插[13]，愛予個款慣勢！我乎，我自三十九歲娶新婦了，就攏放予個少年的家己款，個無愛攢牲禮干焦欲拜四果，我嘛由在個去，咱攏莫共管啦……我

────────────

11　今仔 tann-á：剛剛。

12　下昏 ńg：e-hng 合音。晚上。

13　莫共插 mài kā tshap：別理會。

三十九歲就娶新婦矣呢，半年後個家己買厝，我就隨在佃去
矣……」

　　譀！阿媽喂，你三十九歲娶新婦，我今年嘛三十九呢！

　　少年的，一人一路去矣。人食老，嘛仝款啊，一人一路
去。

2009.02.05 花埕照日，2022 修

我隨意，你盡量
Guá suî-ì, lí tsīn-liōng

　　淡水三芝的山，崙仔一條過一條，逐條配一逝「北」字頭編號的鄉道，鄉道邊的叉路，好奇共弄入去，三彎兩斡，落崎跙崎[14]，無定一片[15]相思仔林，也是一兩窟埤仔、幾坵坪仔田，閣較偏僻的角勢，嘛凡勢有人徛。

　　拄到淡水彼當陣，有一回，綴人去夆[16]請，聽講是有拜拜，辦桌請下昏時。彼工，山路暗挲挲才咧摸無，懷疑敢會揣毋著位，佳哉，無偌遠的頭前面，電火泡仔光焱焱，有人咧辦喜事的鬧熱氣，應該就是遐。

---

14 跙崎 Peh-kiā：爬坡。

15 一片 tsit-phiàn。

16 夆 hŏng：予人（hōo lâng）合音。

　　揹貼的山坪，干焦徛個這幾戶，攏仝姓的宗族仔。門口
埕闊閬閬，排欲幾若塊大圓桌，專工請廚子師來咧煮，才開
始出菜爾，好運予阮赴著開桌。彼个年代，去餐廳訂桌算普
遍矣；較無遐都市的鄉鎮，嘛閣會閘街仔路做攤；庄跤人家
己有所在的，就踮家己的埕裡請。是我無見過世面，猶毋捌
來到遮草地的。

　　傍朋友的福氣，朋友的同窗淡水在地人，咱一个生份
的外客，才有機會鬥鬧熱。實在失敬，hín 連人是迎佗一位
神明都毋知，大面神，就綴人去食腥臊，尾手到當時仔才咧
想，彼改拜拜，應該是舊曆三月十五，大道公生。

　　食這款人拜拜迎鬧熱的桌，氣氛佮去食人嫁娶的喜酒
無嗝。喜酒的主角是新人，紅包包偌濟有禮數，閣較會堪得
唅，總是人情世事陪綴，後日仔敢免還？——神明生咧請人
客，彼就無仝矣，主人家誠心謝神，有手甘開，無咧放帖
仔，一句「來迌迌！來予阮請！」，來就知影，一个地方的
民風佮真情。

　　佇阮屏東，東港王爺公廟三年一科迎王、燒王船，是上
鬧熱的，可惜我東港無朋友，從做囡仔上蓋欣羨同學會當去
東港夆請。阮潮州的三山國王廟佮榕仔王公，嘛是三年迎一

擺，阮兜猶徛舊街的時，王爺公迎鬧熱嘛捌咧請--人，足久以前的代誌矣。

淡水佮阮潮州全款，自早攏是「鎮」，「鎮」的中心定著有大廟，嘛定著有起基的舊街。淡水鎮內的媽祖廟（福佑宮）、清水祖師廟、龍山寺，攏誠有歷史，長老會的教堂真出名──遐的好所在，對我一个來淡水讀大學、出業閣繼續寄跤無搬走的人，心肝底總是有一跡皺皺熨袂平：彼是正淡水人的淡水啊！彼嘛是觀光客的淡水。

半生熟的假淡水人我，慣勢徛外外，不時咧激骨、激氣：tah！舊街，讓恁；渡船頭，讓恁；古蹟園區，讓恁；規个淡水河邊，全讓恁；漁人碼頭無夠，連沙崙嘛順紲讓恁──等恁遊玩夠氣矣，攏轉去（台北）矣，才做阮趒出來就好。微妙的心緒，拍算是有量相讓，嘛是向頓[17]咧張。

尤其假日，天氣好，踮厝咧「張」的時，心內就會有聲音煽動：來啦！來啦！來去彼毋免佮人公家[18]的淡水啦。

---

17 向頓 ǹg-tǹg：彆扭、執拗。

18 公家 kong-ke：共有。

　　彼逐條「北」字頭的鄉道，干焦雙爿墘畫白線、無分向的打馬膠路，規逝攏毋免佮人公家；彼清彩幹入去的細條路仔，嘛無人會佮咱搶。對淡水到三芝規大片，大屯山系趨落來，一稜一稜，北海岸的東北風鬥培塗的山崙；山頂出泉，清涼的山水大大港，扶對圳溝引落來，做穡人蓋勢共山討地開田。我來的時，是做田已經趁無食的時代，稻仔零星猶有人佈，改種茭白筍較濟；赤殼仔茭白筍大欉起來誠懸，咱下港倯毋捌寶，遠遠看著坑底一坵，曷掠準甘蔗。

　　親像淡水的後閘，也親像客話咧講的「化胎」，這片容允我走覕的土地，毋免佮人公家的淡水──真拄好，就是「淡水三芝八庄大道公」行跤的範圍，阮彼暗去拿請彼擺，就是「八庄大道公」刣豬公，輪著的庄，請親情朋友食豬公肉。

　　到今，我干焦佇相片裡看過比賽的大豬公，圓輾輾一大丸，若毋是上下底彼粒頭佮彼對耳葉，雄雄根本認袂出是啥物：原來是規領肉皮被佇豬公架，縖紅綵、結穗鬚，頂仔國

旗插幾若枝，妝娗甲婧婧的大豬。毋知神明敢誠實 [19] 愛欲挭遮大床 [20] 的豬公？時代咧改變，咱人對神明的敬意，無透過這个方式敢袂直？咱人嘛差不多是按呢，逐工夯直直飼、硈硈櫼，過量的物質佮訊息共咱弓甲肥朒朒袂振袂動等刣肉，覆佇命運之神頭前，無力的一籠大豬。

　　「八庄」是八个較大的庄頭，嘛是八个籠圍仔。一个籠圍仔可比一捾粽，有一把摠頭佮看袂著的粽索，共附近相照應的庄仔攏縛做仝捾；遐的我聽都無聽過的地名，無幾戶咧徛的小地頭，個才毋是孤罩的落米仔咧！這八庄的淡水三芝人，兩百外冬來，攏是拜大道公，靠伊保庇。

　　來淡水以前，我對「大道公」真生疏，干焦有印象細漢佇《台灣民間故事》的冊裡，看過「媽祖婆雨、大道公風」的故事。敢會是彼个故事的「後來按怎樣？」，後來，媽祖婆佇淡水舊街有大廟，大道公煞佇山頂佮海口來流浪，對第

---

19 誠實 tsiânn-sit：真的。

20 床 sng：蒸籠一層。

一庄巡 21 到第八庄，一年過一庄輪流蹛，落馬安座佇爐主個
兜，八庄踅一大輾拄好九年，佮咱人世間彼「有路無厝」的
查埔人欲親像。

　　規个淡水的厝起甲誠毋是款，好地理的山頭嘛墓仔埔靈
骨塔占占去，宮廟比有錢比大間比香火興，一四界相爭咧建
設、咧占位，曷有彼神明「有境無廟」，迄裿曉拍算的——
有啊，淡水三芝八庄大道公就是，到今猶原遮「古意」。

　　彼年，去牟請彼暗，第一擺佮迄濟淡水的「山頂人」全
桌，一位啉甲馬西馬西的 oo-jí-sáng 轉來阮這桌坐，一下聽
講阮是某乜人的同學，毋捌來過個遮迌迌，隨親戽戽勸阮加
啉寡，bih-luh 替阮逐家斟甲滇，家己嘛一杯咧浡泡 22。伊捧
杯的手攑懸，欲邀請逐家乾，動作停佇迄，目睭微微，共阮
講個淡水人咧敬酒佮人無全：

　　「按怎無全？——彼外口的人欲佮人啉的時，攏是講
『我乾杯，你隨意！』，著無？⋯⋯啊⋯⋯啊若阮淡水遮的

---

21 巡 ûn：繞行、遊走。

22 浡泡 phū-pho：冒泡。

人毋是按呢，阮佮人無全，阮的人會共人講『我隨意，你盡量！』」

原來，「我隨意」，啉偌濟隨我的意：我的誠意，就是愛予焦啦！彼曷就閣講？

啊若朋友你咧？你盡你的量就好，欲乾無，咱無勉強。

全意思，加真婧氣的話。我的意、你的量，「意」佮「量」攏無拆白，予家己佮對方有伸勼的自由。

「我隨意，你盡量」，想著大道公，這話若伊來講嘛有合：我隨意自在，慣勢一年一庄頭，八庄巡透透，毋免共我起大廟；啊若拜拜咧款，哎，恁盡量就好囉。

這話我扶來講原仔有合，毋但佮人啉酒的時，咧寫這台文嘛是。我隨我的心意寫作，正經偃讀，啊！請讀者你也盡量。

2006.07.02 花埕照日，2022 修

坐路邊看人搬戲
Tsē lōo-pinn khuànn lâng puann-hì

暗頭仔食飽出去散步，按習慣，攏會踅對真理大學校園，箍一大輾，才閣對淡江中學、小白宮趖轉來。

這幾工仔難得路線改變，煞毋知一下到巷仔口，聽見遠遠有放送頭咧拍鑼挵鼓歕鼓吹，原本該幹倒手爿的，隨幹正手爿行，若予鬼碏碏牽去。相連紲幾若工，新生街的廟仔公搬布袋戲，紅色蠟光紙寫毛筆字：「感應大墓公聖誕千秋暨七月十五中元普渡」。

新生街尾，雙爿店面不止仔有夜市仔的氣氛，精差路邊無擔排出來爾，有金光沖沖滾的快炒99，清涼透心脾的 na-má-bì-luh[23]，牛肉麵、蚵仔煎、鹹糜、果汁佮剉冰、豆花⋯⋯

---

23 na-má-bì-luh：生啤酒。

論真，有一个「廟口」的排場矣，毋過廟仔公就是廟仔公，
佮人正港的神明袂比得，毋但門口無一塊仔廟埕，連廟身嘛
佮街仔路向仝向 24，凡勢是大墓公勢替人想，驚廟仔口若直接
向街路，去共對面店家衝煞著，對人較歹勢啦。

　　自做囡仔到今，足久足久毋捌坐佇廟口看布袋戲。「感
應大墓公」的「廟口」窮實是廟邊，就是新生街，看戲的人
坐街路這爿，戲棚搭佇街路彼爿。規暗，一下仔轎車過，一
下仔貨車來，不時有機車過戲台跤，想欲看戲閣毋甘願停落
來，十、二十，慢速擛過去，頭越一爿攏無咧看路，袂輸受
校閱的軍隊向司令台行注目禮。

　　「淡　興洲園　水」，「林柏祥　導演」，看正中的紅紙
條仔，原來是「協元里里長　某乜人　敬謝」，倩這棚戲，
一暗毋知愛偌濟？台仔頂的布景下底，一粒頭毛疏櫳疏櫳的
頭殼，不時捅一屑仔出來，彼就是「林導演」本人乎？

　　以早無 mi ni mai，mái-khuh 吊懸懸垂落來，喙瀾噴出去
攏黏牢咧，主演兩肢手無閒弄戲尪仔，一支喙愛激幾若款聲

---

24 向仝向 ànn kāng hiòng：面同方向。

做對白，搬一齣戲，全精神真工夫誠硬篤。這馬的布袋戲，後場奏樂佮主演口白攏直接放錄音帶矣，師傅免出聲、免費丹田力，尪仔振動佮錄音帶配會峇[25]就好。原底「頭手」需要「二手」協力，文武場鬧熱滾滾鬥一棚戲，現此時，一人出馬就解決。像這位林導演，一半擺仔有熟似人跍起去戲台邊佮伊毋知話啥，我看伊布景跤的頭殼頂嘛越一屑共對方應，總是，台仔頂的戲尪仔猶原照劇情咧搬，並無走縒去，動作照常幼秀巧氣，好厲害也！

　　毋知踮附近的人會感覺吵無？有一棚戲佇遮搬，就算吵，一年嘛才吵無幾擺。一條平常時就鬧熱的街路，有戲咧做，平平嘛是鬧熱，毋過氣氛完全無仝，主要是彼音響放送出來的聲音：北管的伴奏、布袋戲口白的聲調佮氣口——好佳哉有遮的已經錄落來的聲，閣過三十冬、五十冬了後，無人會曉講輾轉的台語，閣較免講用台語搬布袋戲的時，廟前做戲，敢會原仔放這款古早古早的錄音？神佮鬼聽有，戲棚跤的人煞聽無的話語。

---

25 峇 bā：密合。

　　阮遮的大墓公實在有影正範，聖誕千秋，看的是大宋君臣、總兵佮秀才這路古板的戲，人彼若較鬧越的所在，抑是聖甲會出牌支的有應公，做生日，早就請脫衣舞來跳矣，肉彈「搖落去！搖落去！」，嬈咧咧、熱沸沸，啥人閣欲看這幾身古裝的柴頭尪仔，伫遐弄無臭無潲的忠孝節義。

　　下昏暗，佮我做伙伫路邊看戲的，有平常時仔就伫遐咧出入的老歲仔人，有見若鬧熱就毋知對佗位趖出來的古古怪怪[26]的人，有讀國中煞無去補習嘛無踮厝的少年家，有蹛附近閣會使放出來拋拋走的囡仔，以及，予吵欲看布袋戲的細囝拖來、無家己時間的少年阿母。我想，我應當是歸伫「古古怪怪的人」這類較著。遮的是我目睭看會著的觀眾——啊若目睭看袂著的，歹講喔！真有可能，感應大墓公就坐伫我邊仔呢，「嘿！Siáu-tsê……你嘛來看戲喔……」——

　　戲棚跤是街仔路無錯，毋過，對無形界的兄弟姊妹根本無礙，是毋是有一塊仔廟埕，嘛無重要矣。愛看戲，路中央徛咧、坐咧、倒咧、跍咧攏聽好看甲夠氣，有形界的咱人，

---

26 古古怪怪 ku-ku-kuài-kuài：奇怪、奇妙。

欲哪享受會著這份自在。

　　　　　　2006.08.13 花垻照日，2023.01 修

下元暝
Hā-guân-mê

更深露重，欲翻點矣，十八度 C 的淡水。

市仔內的清水街，店門人早就搣落來矣，照講規逝路暗掌掌較著，煞猶有一擔火光光，幾蕊黃嵐色[27] 的電火泡仔咧著，看著誠燒烙。

長閬閬的清水街，對祖師廟邊落崎，一直迵去到過中山路的布埔頭。中央這段，雖然嘛算「街」，論真是一條不見天的巷仔路，逐早起的早市真交易。伊是淡水的「腹腸」，欲食落腹的魚肉菜蔬果子五穀逐項有賣，毋知自偌古早就佇遮結市——可惜這淡水的「腹腸」實在有較狹，一台車軁入

---

27 黃嵐色 n̂g-gâm-sik：薄黃色。

來落貨抑收擔，攏就閣沓沓仔 bak-kuh[28] 出去，無通拍幹，
袂相閃得，著真細膩才袂挨著人的架仔位，逐工攏若表演特
技。

　　這段清水街佮淡水別條路的「生理時鐘」無仝，伊是早
睏早精神的老人，無半隻暗光鳥，翻點這个時，當咧好睏。
空櫳櫳的暗巷，我一台 oo-tóo-bái 拆破恬靜，共人吵眠，見
著頭前有光，袂輸癩𰾱蝶仔[29] 欲瀄過去，油門毋敢摧緊就有
影，驚 iǎn-jín[30] 傷大聲，放慢寬寬仔騎倚近，一个阿伯佇架
仔前無閒，毋知咧款啥貨。

　　「阿伯，遐暗矣猶未睏？」

　　「猶未啊！」

　　停落來一下看斟酌：黃嵩嵩的燈仔火下㾀，規个擔仔面
紅記記！——紅龜、麵錢、紅圓一粒一粒，排甲媠噹噹。頭
到這沿，粉紅仔的壽桃、發粿，看著真好食款。

---

28 bak-kuh：倒車。

29 癩𰾱蝶仔 thái-ko-ia̍h-á：髒髒灰灰的蛾。

30 iǎn-jín：引擎。

「阿伯，這馬呔會咧賣這？」

「明仔載人天公生欲拜拜啊！」

「『天公生』？『天公生』煞毋是正月初九？」

「十月十五嘛是天公生。」

「敢是咱淡水遮的廟才有按呢？」

「一四界嘛按呢。」

真久無看著遮个拜神明的食物矣：

紅龜——毋是「紅龜粿」喔！「紅龜粿」是秫米路的，皮黏黏，包紅豆仔餡，扁扁一塊、中央噗噗，有粿模頓的龜印，下底苴弓蕉葉。「紅龜」是麵粉路的，皮較成饅頭，餡包豆沙，一粒圓圓略仔長篙型，像龜，毋過無頓龜印，下底苴白紙爾。

麵錢——紙篋仔外寫「麵錢」，聽講嘛叫「圈仔[31]」、「圈仔粿」，我是頭一擺看著。麵粉做的，做甲像紅龜粿，大約一公分厚，苫的花草是一掊結做伙的銅錢，欲共錢「圈」牢牢的款。原來古早傳落來的粿模，坦邊彼面刻的銅錢圈，就

---

31 圈仔 khian-á：本義為「環扣」。

是欲頓「圈仔」的。

紅圓——哪會變遐細粒？干焦一粒拳頭母大。細漢的印象，餅仔店做的紅圓攏蓋大粒，有 35Cup 遐大啊！敢是囡仔人目，看啥物攏大。紅圓的外型，親像查某人的奶包，是拜拜的食物內底，上蓋肉感的。紅圓大大粒，才會有「阿母」的感覺，變遮細粒是古錐，有青春味，猶未有母性，「戀母」的感情無法度承受。

壽桃——若紅嬰仔膨皮的喙顊，白泡泡、幼麵麵一粒，桃仔尾染一點仔淺淺的桃花紅，袂輸無點胭脂有抹水粉，真婧。

發粿——發粿本底的色略仔黃黃，這馬有餅仔店做牛奶發粿，白白白，食著像雞卵糕人較愛。神明生欲祝壽的發粿，有摻紅花米，是薄薄的紅，杯仔紙的紅較深，佮色好看嘛喜氣。

「阿伯，你這攏去佗位割的？」

「去大果菜市割的。」

「專工走甲台北喔？」

「著啊……賣這幾工仔爾啦，嘛去割花來賣！」

阿伯手指對面亭仔跤，遐暗暗，才注意著有一位姊仔佇

遐，坐椅頭仔咧挩花把，向我笑笑頷頭。

「阿伯，啊你欲踮遮到天光喔？」

「無啦！排排咧，崁起來，欲來去睏矣，這明仔透早欲賣的。」

「毋驚人偷提？」

「欲偷，做伊去偷！」

隔轉工早起，阮厝附近的花店嘛加㧡幾若排花出來，劍蘭一兩枝、菊花大細蕊，一對一對，一看就是拜拜欲插的花把，看來，有影是一个大日。真見笑，我是 google 了後才知，清水街的阿伯講的「嘛是天公生」，舊曆十月十五，是「下元」。

正月初九「天公生」的天公，是玉皇大帝；阿伯講的「天公生」的天公，應該是「三界公」，道教的三官大帝：天官賜福，地官赦罪，水官解厄。「天官」的生日舊曆正月十五是「上元」，「地官」的生日舊曆七月半是「中元」，個的生日，毋知敢嘛有人講是「天公生」？

舊曆十月十五「下元」，新曆已經十一月中，秋天欲到上深落，早暗加真涼冷。我自來毋知佇這个時，有「下元」這个節，毋知有一位「水官」嘛是天公，是專門咧管水，閣

會替人消災解厄。「上元」有公家辦的元宵燈會拚觀光，「中元」有各大賣場為普渡拚經濟，「下元」真稀微啊，攏猶無人炒。

《三字經》講：「三才者，天地人」，咱「人」佇天地之間，發展到現代，煞袂輸是宇宙的中心，飛天鑽地據在按怎跩，攏無咧存後。三元的「天、地、水」，是一个無共「人」按在內的自然界，「人」毋是必要的，是隨時會予天叫轉去化，肉身拆離還予地、還予水，若像毋捌來過這逝，煞製造一大堆糞埽的動物。

下元，「水官大帝」的生日，台灣的民間信仰講著水，敢若就是錢水爾，欲求錢水，就愛去廟裡補財庫，千拜萬拜，攏是咧拜財神。生活環境裡，無一條清氣無汙染的溪，逐工猶閣有水通用，就袂去想遐濟——「水資源」這項共同的錢水，上重要的公共財，來共「水官大帝」祝壽，燒金補庫求伊解厄，敢會有效？

十月十五下元暝，對長閬閬的清水街囊出來，順路轉去睏矣，煞袂記得看月娘。千江有水千江月，水官大帝做伊恬

恬，才無咧管待咱無惜水的人。

2006.12.04 花埕照日，2022 修

市仔的花草
Tshī-á ê hue tsháu

雖然加減有咧煮食，但是，已經誠久毋捌拚透早去踅菜市仔矣。

若毋是細漢蹛大菜市附近、定定綴阿媽去買菜，這馬的我，入去菜市仔，一定是「失語」的。

「一斤按怎賣？」

「一兩偌濟？」

慣勢佇超級市場消費的新世代，一定真袂慣勢開喙共人問，價數煞無攏寫甲清清楚楚，家己揀、家己提就好矣，哪著佮人有交插?!

市仔，特別是傳統的市場，可能會是台語上慢「蒸發」的所在矣，燒氣、濕度，若集中佇一塊培養碟仔：別位無通溰落去的性命，佇遮猶閣活跳跳。

最近佮一个佇市仔做生理的朋友開講，才發現一寡阮這

「巷仔外」的毋知影的僻話，非常有意思！

　　譬如，這个「花」字──

　　市仔的生理，有分「文市」佮「武市」，「文市」是物件排咧等人客來問東問西的彼款；「武市」就是愛大聲喝賣，呼 [32] 人客，主動推銷的彼款。做武市生理的人，就叫做「物理仔」。

　　佇「物理仔」的僻話內底，貨排好，開始喝賣，就號做「叫花」。趁市仔的人，五花十色來來去去，若是有人客停落來看貨，就叫做「卡花」。「卡花」了後，就愛把握良機，開始「洗花」，用糊瘰瘰的一支喙開始共人客洗腦，洗啊洗、洗啊洗，洗甲人客「心動不如馬上行動」，錢拎出來，就是「收花」囉。

　　「叫花」→「卡花」→「洗花」→「收花」，是一个物理仔做業務的「標準作業流程」。

　　標準的程序是按呢無毋著，但是正經佇市仔做生理，人客哪有咧照起工來的？做物理仔，口才愛有特出的創意，目

---

32 呼 khoo：吆喝人往自己靠攏。

色愛有夠好,跤手猛掠,才趁有食。「叫花」、「卡花」、「洗花」、「收花」,就若像四支「花」矸,靠兩肢手一直舞、一直舞,跤手佮喙舌絕對袂當停落來,場袂當予冷去──隨人有獨家撇步,厲害的工夫,袂輸特技表演。

頭起先,我猶叫是「花」是人客的代稱:哇!規个市仔毋就「花」山「花」海,真浪漫的講法啊!後來,聽到第四步「收花」正智覺,毋是對人客共收起來,是對人客的「錢」共收起來──猶是生理人實際,絕對袂目睭花花。

除了「花」以外,嘛閣有「草」:佇市仔內底,若是人客較濟、生理較好做的地點,就會講「嗯!這跡,『市草』袂穩!」,就若像姑娘仔看著一位「猛男」,忍不住心內呵咾:「嗯!這个,『漢草』誠好!」

「市草」的「市」,無的確是菜市;「市草」的「草」,嘛毋是真正有發草。「市草」是生理的狀況,譬如:「三角窗市草好,店租貴參參!」,抑是「最近市草好抑穩?」,明明直接問「生理好抑穩」嘛全意思啊,無全無全,「市草」加偌媠咧。

生理人的目睭佮咱無全,個會當看著另外一個世界,彼个世界的「花」佮「草」,攏有錢的芳味──我大菜市附近

大漢的，煞攏鼻無，莫怪古早人講「生理囝歹生」，確實是
有影。

2006.06.06 花埕照日，2023.01 修

滬尾麻油
Hōo-bué mûa-iû

冬尾風一陣一陣搧 -- 來，殕色的雲厚厚一大領，連日頭都驚寒，勼佇棉襀被內。

早起七、八點仔過，學生囡仔攏關入籠矣，大學生應該猶咧好眠，趕上班上課的氣氛一下散去，平常日的早起齁攏袂拖棚，士農工商，無彼款閒人閣佇街路賴賴趖。干焦我，落米仔一粒佇路裡遨[33]，欲去坐捷運，是講，愛先去掐兩罐麻油。

昨昏[34]立冬，昨日本來約好今仔日，欲落去台中揣大學時代的朋友，從伊有身到今阮攏猶未見著面，想袂到紅嬰仔

---

33 遨 gô：閒蕩。
34 昨昏 tsa-hng：昨天。

跤手緊，彼工連鞭出世，攏無相等一時矣。早早我咧想，等路欲攢啥？想著見擺坐公車攏會看著「滬尾麻油」的 khăng-páng，邊仔閣細字註明「百年老店」──咱淡水遛遮久，煞連一擺都無交關過。

　　對新民街行到新生街廟仔公閣過，正幹重建街尾寬寬仔落崎，「滬尾麻油」就佇落去到欲倚文化路遐。文化路一大板，共重建街切做兩段，若戲有上、下兩集，一支行路人專用的青紅燈寬仔等，拄好像廣告時間，有夠放一坮尿閣啉一喙茶。毋過今仔日毋是欲過路去食雜菜麵，是佇路這爿欲買麻油。

　　重建街對下街的媽祖廟邊一坎一坎起來，長長一逝欲迵對北新庄仔、三芝，是淡水開發上早的正港舊街。可惜現此時，若毋是路頭猶有幾坎古早厝宅，實在是一條普普仔、咱毋甘嫌的巷路，欲佇透天厝佮無電梯公寓的迷魂陣裡，走揣「百年」古早味，定著是愛拍開心內的門窗。

　　這工早仔，行來到「滬尾麻油」店口，無看見開店，顛倒是佮一般徛家全款，中央兩片 a-lú-mih 框網仔門，內底兩面角花仔厚玻璃門，淡水寒人的風勢驟鑽，這玻璃「店門」關牢牢是正常的。直捅捅的透天厝較無迵通光，日時客廳若

無點日光燈，按口面看，暗暗，曷知厝內有人無人。

「有人佇咧無？」我那喝聲，那倚近門堵，欲探看敢有人。網仔門輕輕揀--一下就開，玻璃門無鎖，一个阿桑對內底沓沓仔行出來應門，我問伊：「阿桑，敢有咧賣麻油？」──「百年老店」的一樓，完全是「家庭工場」的氣氛，三台攕油的油車倚壁邊，規台烏烏烏誠有「歷史感」，無偌闊的所在，物件鎮袂少：門後有規大袋的玻璃矸仔，倚店頭是油櫃，塗跤有椅鼓仔、面桶仔、鱟桸仔，油車邊規繩的茶箍，一塊一塊圓圓若大餅，疊甲懸懸懸，阿桑講，早起拄仔有攕茶仔油起來，問看我欲無？

「這食著蓋好！定食這好的茶仔油，人會少年！」阿桑目睭誠有笑神，歡頭喜面報我一項好寶，伊向腰落去，共油車下底彼跤輕銀仔面桶捀起來予我看，桶底猶剩一寡油，色緻黃錦錦，油質真清──

「哇！這早仔攕的喔？」

「早起佇遮現攕了爾，你共啖看覓，味會甘！」

阿桑講，茶油是茶子攕的，茶子足苦，出來的油袂苦。伊閣特別行去圓桌後壁，拈一粒茶子出來予我哺：「這就茶子啦，咱咧啉的茶心的茶子，你共哺看就知。」

諓！真正有夠苦！

「子蓋苦，油袂苦。我從少年攏食這，食這蓋好，我今年八十外矣呢！」

哇！八十外，有影看起來無成「阿婆」呢！……

本成干焦欲揤兩罐麻油，予「阿桑」的誠意感動，「無三不成禮」，自按呢[35]加買一罐茶仔油。「阿桑」揤一罐茶仔油出來，閣按門後攑兩支空玻璃矸仔，矸仔喙油漏仔鬥好勢，才對油櫃內底，勻勻仔一刣、一刣，刣麻油入矸仔——徛邊仔看的我，被著時間的神經線，歡喜一下：「足久足久毋捌看著這款搭油的刣仔！」

「阿桑」笑笑無應聲，專心刣油。

誠久無用著「搭油」這个詞：「昭華，去順發仔遐共搭火油……」阿媽按呢教[36]，我揤彼跤厝裡咧貯油的 hăng-ngóo[37]，去大菜市邊順發仔的簐仔店，頭家順發仔就會攑這

---

35 自按呢：合音 tsuǎnn。

36 教 kah：使喚。

37 hăng-ngóo：提鍋。

款斛仔，對甕仔底一斛、一斛斛油予我——我嘛是像這陣按呢，恬恬徛邊仔看，真好玄，油甕仔有一份奇妙的神祕感，袂當曝著日、烏汁汁的甕仔內，油袂輸永遠斛袂了。油比水較恬才，袂像水遐呼銃[38]，斛油的姿勢，熟手順順矣，有一款特別的節奏，佮摵仔麵的麵摵仔佇滾水裡摵摵摵無全，長柄的油斛仔咧斛油足優雅，予我會想著挨 bai-óo-lín[39] 的彼支弓。

　為怎樣叫「搭油」？囡仔人有耳無喙，我毋捌問阿媽。毋過，我知，「搭油」毋是共油提去「搭（tah）」佇壁，是去店仔共油「搭」轉來；就像「糴米」，是去米絞共米「糴（tia̍h）」轉來——油佮米，為怎樣攏毋是用「買」的，閣攏是有「t」的音？

　「阿桑」提玻璃矸仔蓋的時，我閣歡喜一下——這馬的矸仔蓋，攏大紅的較濟，罕得有阿桑拎的這款桃仔色的，色水袂遐重，嘛加蓋喜氣。

---

38 呼銃 phuh-chhèng：張揚、愛現。

39 bai-óo-lín：小提琴。

「三罐愛我共你縛做伙無？」

「愛喔！按呢較好揹，我欲揹到台中的呢！」

伊搜柑仔色的塑膠索仔出來，我閣愈佮意！

「你遐工夫，揹遐遠去，生查埔的抑查某的？敢頭一個？」

「查埔的啊，後生，頭一胎。」

「若咱查某人生囝做月內，食阮這茶仔油上好，足好！……」

我來買麻油的，khǎng-páng 嘛寫「滬尾麻油」，「阿桑」的心肝煞大細片，干焦一直呵咾茶仔油，再三強調查某人食著袂老——這我相信，伊八十幾歲人矣，縛矸仔的手頭猶遮有力，手路有夠婿！我想我若一時衝動共決落去，買一手、買一打，伊百面有才調縛，縛矸仔原仔是傳統手藝矣。

《台日大辭典》內底的「滬尾」這條詞，干焦一句例句：「滬尾油車」。滬尾有一庄就叫「油車口」，咱想，這「滬尾油車」是啥物意思咧？想袂到，是「滬尾櫼油的店，豆仔真有限」，翻譯的人加添解說，是「無物件」的意思。我毋捌聽過這句，敢是講人抑是物件料小料小？豬頭皮炸無油？想著辭典內「台灣」彼條詞，嘛是有一句「台灣蟳無膏」，譬

相台灣人的話，人攏會替咱扶起來。

「滬尾油車」哪會無物件？塗豆、麻仔，有可能較欠，茶子應該袂少較著，重建街對山頂去，較早遐的茶山，茶子敢毋是攏落來佇遮？滬尾麻油間的「阿桑」對茶仔油遐中意，定著是有歷史的因緣。

「阿桑」講，個佇淡水做麻油已經第六代，伊就踮佇樓頂，若欲閣來買，伊攏有佇厝，另逝才送我茶箍轉去洗看覓；我歹勢問，啊，哪毋這逝就送我？伊閣講起，較早無邊仔這逝大路（文化路），邊仔無像這馬按呢塌落去，這逝大路開二十六年矣。（2007-26=1981）

二十六年──「阿桑」哪會記甲遮爾清楚？若是我，干焦會按呢記：「登輝大道」是我大學的時代開的，到底幾年矣？就閣愛斟酌算，我袂一年一年去共記。（2007-1993=14）

重建街予文化路斬做兩節，水源街予登輝大道切做兩段。二十六年前佮十四年前，開「文化路」佮「登輝大道」這兩條路，是淡水轉骨的「大手術」。「文化路」接中山路，是老街中正路的外環線；「登輝大道」對紅樹林到下圭柔山，是淡水鎮的外環線，三十冬來，淡水的發展像歕風，外型膨甲脹甲予人袂認得，「文化路」佮「登輝大道」這兩逝

無仝年代的大刀劃過的痕，就若年輪，是上基礎的線索。

二十六歲的文化路，實在是少年袂曉想。一九八〇年的人想無遐遠，開路、土地徵收、拆厝、領補助金，好運的，路一下劃過，著大路墘店面的頭彩——煞攏袂記得留空間予「人」，規逝路無亭仔跤，人行道狹檨檨才一公尺闊，一九八〇年的人口佮車輛是無這陣遮濟，但是佇一个寒人風透閣厚雨水的鎮，煞完全看袂著建築物佮公共建設為著適應氣候有做啥物調整。

「阿桑」共矸仔縛好勢，我看著壁頂掛兩種 ga-lá-suh 橐仔[40]，一種是人普通咧講的「花袋」，有一板一板紅條仔的塑膠橐仔，另外一種是清桃仔色的，我專工揀桃仔色的彼款，規件等路配起來誠婧色，家己蓋滿意。

「來！我遮有名片，提予你——」

「阿桑」對油櫃頂懸一盒名片提一張起來，我閣家己加提一張。

「你共看，阮這電話號碼偌婧咧！」

---

40 ga-lá-suh 橐仔：塑膠袋。

伊特別指名片正爿彼三支電話予我看——我看一下，隨笑出來：「諟！有夠媾！逐个號碼攏圓輄輄！」

這是頭一擺，拄著有人會呵咾「號碼足媾个！」，而且彼个媾，毋是講究倚音好吉兆的媾，是根據造型看媾——這恰我選手機仔號碼的時，無愛 4、無愛 7，無愛看起來刺夯夯的號碼，有全款的癖。

這間百年老店，恰人咧時行的無親像，外口無寫某某知名電視節目主持人推薦，厝內嘛無貼甲報紙雜誌報導花哩囉。我問「阿桑」，敢有人來採訪個、共個報導？伊講，人逐家攏知影欲來個遮買麻油，對一四界來的，蓋濟人攏相知影。

包裝、廣告、報導、宣傳，毋值一句「相知影」——重建街後段，颭鬚的百年老店「滬尾麻油」，這馬，我嘛是「相知影」的矣。

2007.11.12 花垾照日，2023.1 修

淡水風景
Tām-tsuí hong-kíng

　　佮朋友約食飯，欲共借冊佮 DVD。大路邊巷仔口三角窗的餐廳，拜一無開，亭仔跤暗趖趖，對面另外一間光焱焱，抑無，換來去彼間。

　　落崎的打馬膠路，車一台比一台傱較雄，擋仔踏[41] 心酸的，無啥效。見攏行佇這條路，攏有「欲死煞無較快」的覺悟。免考牌照的行路人，步輦毋是就免技術，上無愛行會直逝，若是略仔踏斜，萬不二落崎衝緊緊的公車對耳空後搧過，一粒頭就卯[42] 半月去。

　　三角窗的餐廳，才歇一工無做生理爾，店口塗跤袂輸

---

41 踏 lap：踩。

42 卯 mauh：凹陷。

幾若日無摒：骯髒紙、空罐仔、塑膠橐仔逐項有。我已經袂記得頂一擺行著清清氣氣的路，是啥物時陣矣，就算佇清幽的古蹟園區散步，無代無誌，牆仔頂毋是一隻貓佮你相對看，是一罐毋知啉有了無的飲料罐仔迺佇遐，考驗你看敢會過心。無奈何，隨人店口隨人掃，若無，一四界糞埽抾曷會了。

　　過車路去對面彼間店，先入去坐，無偌久，朋友嘛來到位，服務生菜單送來，閣去 àn-nāi[43] 別桌。朋友點素的炒飯，料看著誠豐沛，摻 khe-tsiah-puh[44] 炒的飯粉紅仔粉紅，真好食款。我平常時家己簡單煮，較無啖瘄，出來外口就是愛食好料的，換口味，點一份家己佇厝無才調糊的豬排。

　　朋友講我拄才敲電話予伊的時，伊人當佇個社區的法會現場，到這陣頭殼猶略仔會眩——頂禮拜，一个淡江的學生對七樓跳落來，今仔日做頭七。

　　意外的消息，空氣一下凝規塊，敢若啥人無小心抑著

---

43 àn-nāi 案內：接待。

44 khe-tsiah-puh：番茄醬。

「暫停」。

「是佇倚內底中庭彼爿，抑是大路這爿？」氣氛總是愛有人拍破。

「大路這爿。」

朋友咧教冊，彼間厝買幾若冬矣，我去過無幾擺，大學附近的大樓，一个社區幾若百戶，套房、兩房、三四房攏有，有一般徛家嘛有學生蹛的。捌有一擺我佇樓跤大門前，等朋友提物件落來的時，一位 oo-jí-sáng 徛邊仔咧講手機仔，問看有厝租人是無，伊本人欲蹛的，可能對方問伊年紀，伊有點仔勾勾，細聲仔答：「喔，啊我六十幾矣……」六十幾矣閣愛揣厝搬厝，實在真忝。

個彼棟大樓，對大路斡入去閣愛彎較內底，所在略略仔揜貼，下昏時無遐光，靜靜--仔。頭前棟真倚路，路對面無起厝，山坪趨落去，曠闊的坑底有一大坵菜園，菜種欲幾若項，攏顧甲誠媠。無種菜的土地放咧拋荒[45]，草埔規大片連到新市鎮彼爿去，起大樓是緊早慢的代誌。

---

45 拋荒 pha-hng：荒蕪。

有少年人對彼爿面跳樓，我煞敢若平常代誌，誠冷淡。

朋友的客廳嘛是向大路這爿，窗外風景真開闊，上正手爿無偌遠就是登輝大道，袂輸對面彼條崙仔繏低低的腰帶，暗時，車燈一葩一葩若火金蛄，無通自由飛就有影，變做狗蟻逝相紲；日時，公路邊的崁仔頂拄好一區墓地，遐的墓，逐塊墓牌攏向全一向，若像唎佮咱這爿的活人相相[46]。毋知個社區，敢有因為對著這片墓仔埔，厝價夆踏較低？像阮徛的遮，規條街唯一的空地、拖到這陣才動土的建案，就是馬偕墓園對面彼塊。出出入入看著墓地，佮死人做厝邊，一般人攏蓋無愛，長老教會會友應該是袂畏忌這「最後的徛家」。

會記得朋友入厝彼工，幾个知己慶祝伊流浪到淡水遮濟年，總算有一頂家己的厝殼、一个「歸宿」。我就是彼工中晝徛佇窗垛，發現公路崁仔頂彼區公墓。

「哇！彼片墓仔埔足好看的！」

攏是年久月深的舊墓，大概是逐工看會著觀音山佮滬尾街的囝孫，閣逐工攏汰一擺淡水暮色的色水，薄薄一重金

---

46 相相 sio-siòng：對望。

黕紅，染欲幾若千擺甚至萬擺過，墓仔一點仔都無恐怖的感覺。葬佇遐的祖先，就像坐佇「圍箍劇場」的觀眾席，逐工看淡水這棚大野台做戲——若毋是登輝大道的車河佇崁跤日也流、暝也流，吵死人，實在是真好的風水。

「應該真少人會感覺墓仔埔好看。」

朋友是按呢應 -- 我。彼下我才智覺著，人入厝是喜事，咱來牟請，煞呵咾人兜看出去的墓仔埔，傷白目矣。朋友有咧修行的人，無禁無忌，毋通見怪才好。

對大路彼爿跳落去的少年家，聽講自細漢爸母就過身，阿姑晟大漢的，來淡水讀冊，愛著一个大伊十七歲、有家庭的婦人人，個是佇教會熟似的基督徒。

社區的法會無請道教的司公，驚動作傷大予住戶感覺無好，個請農禪寺的師父來做頭七，正範的佛教，超度儀式無giang-giang-giang 大細聲，嘛無燒銀紙。朋友信密宗，家己燒一寡有畫金剛杵的紙，聽講化這款錢，閣較惡的鬼嘛毋敢搶，往生者本人確定收會著。

「喂，另日著到我，你嘛共我燒這種的，在生散甲鬼毋掠，做鬼愛較好額。」

「無問題！我一定夯規箱的燒予你！」

無好笑的耍笑。

七樓，正經按呢跳落去，為著啥物咧？

自少年，定定我嘛蓋想欲跳落去，毋過攏無真正跳。

這七工，來一個大風颱過，樹仔倒落幾若欉，菜價起甲貴參參，毋知山坑仔底種菜的人有趁著無。淡水開始涼冷矣，這陣，咧霎雨毛仔。

某某時報地方記者向社區管委會講甲誠白，若無補貼個幾圓仔，新聞會將社區全名報出來──陰間地府，惡鬼都猶有毋敢搶的錢，知驚金剛杵的法力；到底也是活人較贏，啥物錢都攏欲趁到著，無彼毋敢的。

有人選擇離開這個世間，有人真拍拚欲活咧，我無確定，是活落來的人抑是自殺的人較有勇氣。風颱尾的秋雨，到半暝愈落愈大陣，澹漉漉的暗夜，願在生的人好睏眠，也願痛苦的靈魂真正得著安歇。

2007.10.09 花埕照日，2023.01 修

泱
Iann

過畫，河心一隻船，往海口的方向駛去。

船共河水一逝直直剪 -- 開，做雙爿開去的長湧，一湧揀一湧拍來到港坮，徛傷倚的人隨去予潑澹，若查某人的百襉仔裙尾掃著。

人攏講「船過水無痕」，對有痕到無痕，嘛著愛時間。船尾拖長的痕，變成一巡一巡溢過來的湧，捌聽一位長輩講起，彼咱台語號做「泱（iann）」，也就是「烏仔魚滾大泱」的「泱」。

牽教咱的長輩是好人，有機會開講通予咱加捌足濟，可惜咱不受教，對拄著仔就欲勸人嫁翁的善心人士，也是多謝

she-seh[47] 勞力。人生苦短，各人有各人甘願夯的枷，勸婚佮勸薰攏有礙健康。咱也是較想欲知影，彼「泱」，哪會叫做「iann」？

音有夠古錐的「iann」，等於是共「inn（嬰）」、「a（仔）」黏起來，「inn」、「a」搭峇峇，兩字敆做一字「iann（泱）」，聽著足親。

〈搖嬰仔歌〉（呂泉生作曲、盧雲生作詞）歌詞「嬰仔嬰嬰睏」，搖的是「inn--á」；老牌子的「烏矸仔標驚風散」，出名的廣告口白：「嬰仔著驚嘛嘛吼，吐奶疶青屎」，嘛是「inn--á」，毋是另外的講法「enn-á」。

「inn--á」，攏輕輕懸起去的第一聲，假使「a」沉落來變「á」，聽起來就像「燕仔（inn-á）」，「影」！「嬰仔」、「圓仔」、「燕仔」，攏有鼻音，像咧共人司奶。

我佇淡水海跤，看船過水有泱，總算想起佇佗位聽過這个音——當年無覺察，毋知伊是一个名詞。

彼擺是佇澎湖媽宮，茶嬸仔個兜的客廳，伊唱一塊褒

---

47 seh-seh：謝謝。

歌：

　　海湧起波白 iann- iann，六跤全鬚少年兄；
　　著赴台灣趁較有，毋通踮厝半沉浮。

　　採這塊褒歌，我一直捎無「六跤全鬚」的意，茶嬸仔解說：「『六跤全鬚』，啊都規身 [48] 人好好的意思啦！」咱閣較按怎挖，伊猶是講全款：「規身人好好，就是『六跤全鬚』啦！」

　　規身人好好，是「四肢」健全啊，哪會是「六跤」全鬚咧？

　　敢講，是褲跤「搦（lák）」起來，跤腿全全鬚？聽講鬼會驚咱人的跤腿毛，「搦跤全鬚」的少年兄，欲過海討趁，拄風湧保平安啦⋯⋯敢按呢？

　　彼站仔，這个問題攏無答案，佳哉落尾手，對朋友的朋

---

48 身 sian：計算人的單位。

友遐得著線索：原來，「六跤全鬚」是咧講烏龍仔[49]，彼款公的、足勢戰的，一隻六肢跤好好，無受傷無斷橛，頭頂彼對鬚真完全，是有才調出去佮人輸贏的好腳數，毋是彼款予人掠去糋酥酥哺芳的蟋蟀仔囝。

「六跤全鬚」的烏龍仔，佇這條褒歌裡變成比喻的手法：少年兄啊！你就親像彼「六跤全鬚」的烏龍仔呢！仝這句詞，若改換做「好跤好手少年兄」，彼規个全失氣——毋但烏龍仔的戰鬥性無 -- 去，一句本底是肯定的話，嘛走味變酸，袂輸老人咧共少年仔供體。

我一心咧捎無「六跤全鬚」的意，顛倒對前一句「海湧起波白 iann-iann」的「iann-iann」無深想。

台語「ABB」型的疊詞真濟，聲音組合豐富：「媠」有「媠 tang-tang」，「穤」有「穤 kê-kê」，「苦」有「苦 tèh-tèh」，「紅」有「紅 kì-kì」，「烏」有「烏 lok-lok」、「烏 mà-mà」、「烏 sô-sô」……彼詞尾的疊聲，敢攏有意思？抑是紲拍趣味爾？

---

49 烏龍仔 oo-liông-á：黃斑黑蟋蟀。

　　因何茶嬸仔的「海湧起波」是「白 iann-iann」，毋是「白 phau-phau」、「白 siak-siak」抑是「白 bâng-bâng」？——彼時干焦感受著彼「iann-iann」哪會遮好聽，歡喜閣學著一組新的聲音，毋知人彼「iann-iann」毋是心適興揣字鬥韻跤的。

　　「Pho」的漢字是「波」，我會想著波浪的形，譬如音波佮電波；卻是咱台語有一種華語無的波，是「講甲喙角全波」，教育部常用詞辭典取「泡（pho）」做替用字，我實在真袂慣勢，這个「pho（泡）」是白白的「沫（phueh）」。

　　「起 pho（泡）」這个詞，咱生活中四常有：逐工洗手的時，雪文搵澹澹，愛先共泚予起泡、起沫，手才滒彼雪文泡來洗。雪文會起泡，海湧嘛會起泡。湧夯懸，夯甲無夠力矣，落軟餒落來，湧陵會反出一逝長長的白波；猶閣有，彼接載到落尾，做一下抨對海坪的湧花仔，散開的白泡嘛敢若雪文沫。

　　「海湧起波」，我實在無佮意寫做「海湧起泡」，海湧起波，波白白，白白的水泱，白泱泱——規个畫面有夠媠！「泱」對譯華語，倚意的詞是「漣漪」。

　　澎湖是海島，行到佗位攏看會著海，茶嬸仔這塊褒歌唱的，欲講是咧共少年仔唸，論真，是咧共少年的勸，「著赴

台灣趁較有」，澎湖敢毋是台灣？彼無--nooh，你問澎湖人就知，澎湖是澎湖、台灣是台灣，一爿一國。

　　對「海湧起波」的情景起興，像阿媽咧唸孫，罔唸罔唸，唸欲愛伊毋通佇厝「半沉浮」，短短四句，澎湖的海佮人生的海相疊──我嘛佮歌中的少年兄真親像，六跤全鬃，煞閣咧沐沐泅，無人報阮「著赴佗位趁較有」。半沉浮的少年人佮中年人，海海人生白泱泱，會浮泡就是猶活咧的信號啊。

2011.04.17 花埕照日，2023.1 修

石花
Tsio̍h-hue

五 -- 月，是淡水相思仔花大開的時。

騎 oo-tóo-bái 自北新庄仔往淡水，規逝山路，相思仔樹尾全花點，黃錦錦規葩、規簇，密密密，點甲規支山變綠豆色。才開始欲熱的空氣略仔濕濕，風共相思仔弄甲花粉颺颺飛，山咧喘氣攏粉味，香香 [50] 的相思仔味。

彼工，慢速硞過水源派出所，路邊一塊空地仔，竟然有人曝石花，一位 oo-jí-sáng 跙佇邊仔塗跤，當咧那抾、那收。

過書無偌久，天就小可咧轉烏陰。今年梅雨落無啥夠，雲一時凝、一時清，袂定著；欲晾衫、欲曝一下物仔，一工看搶有半晡日無。佇山線的公路，搭著人曝海線的土產，真

---

50 香香 hiang-hiang：微帶辛味的香氣。

意外：我會認得石花——伊佮「石灰」仝音，毋過是完全無仝的物。

淡水往三芝彼逝海線，有一庄就叫「灰窯仔」，較早就是咧燒石灰。北海岸的海坪真婧，規大坪海草礁、咾咕石，白沙埔自早真濟海螺仔殼。無紅毛塗的時代，古早人取咾咕石、螺殼、蚵殼遮个有鈣質的料去燒，燒甲變石灰，才閣佮秫米、糖膏，搜做黏麵麵的灰漿，靠這項寶來起厝起廟。

我細漢的時，阮兜舊厝的壁面，「皮」攏咧必，必做一塊一塊薄片，三不五時遮落一塊、遐落一塊；若是手賤共控 [51] 迌迌，連鞭食推——我有夠希望彼落落來的白色薄片，是真正食會著的餅仔，通共人臭煬：你看！阮兜有淒白糖粉的餅仔！⋯⋯原來，壁面彼重已經黏袂牢的粉餅，就叫做「石灰」，彼是抹石灰的壁。

遐的落無了的「餅」仔，後來攏予塗水師托清氣，重抹紅毛塗，閣過油漆，壁面規个翻新。彼時根本毋知，石灰壁是欲退出江湖矣。

---

51 控 khàng：摳。

　　三十五歲彼年，我開一个台文 blog，名號「花埕照日」，「照日」是《無米樂》的崑濱伯仔講的，人到伊這个歲攏咧「照日」矣，清閒曝日的意思。「花埕」是阮兜較早曝粟仔彼塊埕，外位的人講「稻埕」，客話嘛講「禾埕（vǒ tanǧ）」，是按怎阮攏叫「hue-tiânn」？彼時我有所不知，彼「hue」是「灰」毋是「花」，「灰埕」是一塊塗跤面羼石灰的埕。

　　我是來淡水了後，才知有「石花」這款植物。熱天，北海岸遛遛去，沿路的涼水擔 khǎng-páng 不時出現「石花凍」，毋知是啥物，叫一碗來食看覓：這煞毋是「薁蕘」？

　　有影，石花凍、薁蕘，入喉的感覺真全。石花是生佇海底的菜，薁蕘是對果剾落來的子仔，野生的欉佇深山林內會旋藤拋樹。石花著愛水滾，蠻蠻仔火炕，炕甲出汁像牽羹，等予涼就會堅凍。洗薁蕘顛倒是愛冷水，子仔貯紗仔袋，袋仔搦佇手，浸水裡浞，浞甲子仔出膠，融佇水裡堅凍。海佮山、燒佮冷，相對的兩頭，煞得出全一樣透明、軟荍荍、穩「凍」的好食物，大自然實在真奇妙。

　　我車先拄咧路邊，佮曝石花的 oo-jí-sáng 相借問，忍不住嘛跍落來，斟酌看塗跤的石花，好奇來共請教。oo-jí-sáng

講，伊這石花攏野柳的，伊恰個太太攏去到野柳挽，這陣個
太太人嘛猶佇野柳。

這个時，一个老阿伯嘛騎 oo-tóo-bái-á 過路，可能蹛附
近，恰 oo-jí-sáng 蓋熟，一下看著伊咧曝石花，停落來就共
呵咾，聲音聽起來真樂暢，替人足歡喜：「諍！啊你遘勢
啊，啊掣遮濟！」

「石花菜愛藏水沬落去海底掣才有喔！無簡單喔！」老
阿伯特別補充說明，予我這个路人甲了解。

這个「掣」，予我本底諏想的畫面，隨變甲清閣明：北
海岸勢藏水的 oo-bá-sáng，掛水鏡、穿水雞鞋，攏免揹 sàng-
sòo 桶 [52]，沬落去海底，若太空漫步，發現外星球表面怪奇的
岩石，一重毛毛聳聳的石花菜咧蟯，恬恬泅過去……出手，
掣！掣！…掣！掣！……掣！掣甲袋仔滇滇，才浮起來換
氣。

拄掣轉來的石花是紫色的，遠遠看若紫菜，逐工浸水、
曝，浸水、曝，差不多愛曝十工，曝到尾仔變菜瓜擦彼款色

---

52 sàng-sòo 桶：氧氣筒。

緻。一改佇前洲仔搪著人挽轉來拄開始曝的，規个大埕臭臊hinn-hinn，毋過佮曝魚脯仔的臊又閣無仝，平平攏海味，石花是素的。

Oo-jí-sáng 揀予我看，「粗花」佮「幼花」按怎分，教我講曝焦的石花，一兩煮五斤水，差不多十人份大同電鍋的額。伊閣講，石花是對宜蘭彼爿，自正月開始生過來的，一直生 -- 過來、生 -- 過來，一睏生差不多個外月，生到咱淡水遮，將近拄好這時陣；野柳個遐个較早，這馬來咧欲無矣。

正月，對宜蘭生過來：對宜蘭的佗一跡開始生？花蓮敢無？宜蘭、東北角、北海岸，一路發到淡水河口已經欲五月。我想著較早的年代，體育場坐規排提鬖鬖的彩球做波浪的贊聲隊，鬖鬖的石花對宜蘭徙徙徙徙到淡水，原來佇彼海底，嘛有這款合節氣的韻律。

我干焦知影佇地面上，稻仔逐年對阮屏東開始黃，照順序寬寬仔著到北部。割稻仔班一篷人對屏東的四月冬，割

到頂頭 [53] 已經是六月冬，這馬駛割稻仔機的師傅嘛是按呢。彼是一條真明的線，自南掃向北的地方差。我毋知影，宜蘭到淡水，正月到五月，一粒台灣頭爾，東南到西北，就有這款遮爾幼路的變化。

淡水嘛有石花通挈，毋過，逐家也是攏拚去野柳，oo-jí-sáng 講，因為這站淡水洘流的時，天攏已經暗矣；野柳洘流的時，才拄過晝，天猶閣早早，較好做工課。

見若講著流水，我就花嘎嘎。

流水六點鐘漲、六點鐘退，暝佮日攏一擺漲、一擺退。漲的時是滇流，退的時是洘流。以早佇冊裡看過一句俗諺：「淡水初一、十五中晝滿，卯澳初一、十五中晝焦。」「卯澳」佇貢仔寮，這句俗諺，是東北角的討海人自做囡仔就愛會曉背的。先掉舊曆初一、十五這兩工，逐工閣加四十八分鐘，就算會出彼工滇流在抑是洘流尾的時。

卯澳佮淡水，貼海岸線來算，有百二公里遠，哪會佇這句俗諺鬥做伙咧？

---

53 頂頭 tíng-thâu：北部。

　　聽講是按呢：向時有一个卯澳人，家己划一隻雙槳仔出去討掠，煞人掛船離奇失蹤。無風無湧，無可能反船較著。一直到隔轉工，足足十二點鐘後，人佮船才閣出現佇卯澳，佳哉平安無事，人夭甲買命喂。原來，伊是槳仔斷梗，船予流水牽去，牽到淡水河口，才閣予流水送倒轉來卯澳，拄好是六點鐘滇流、六點鐘洘流，一逝去、一逝來。

　　搪著 oo-jí-sáng 曝石花這工，是舊曆十七，若照「淡水初一、十五中晝滿」這句話來算，是四十八分鐘愛加兩改，九十六分鐘，彼日飽流上滇的時，就是下晡一點三十六分——欲等到有通好掔石花的洘流，就愛六點鐘後，七點半，天都攏暗矣。

　　五月的淡水，山坪有相思仔花，海坪貼底有石花，滇流的海水共個掩護，無人去共掔，按呢也是好。

　　　　　　　　　　　　2011.05.23 花埕照日，2021 修

水薤菜
Tsuí-ìng-tshài

　　淡江人的「後山」，可能對水源街二段過登輝大道算起，看「後」到佗位。淡江農場是「後山」，慈修禪寺是「後山」，墓仔埔閣過的「碉堡」，迎新的營火暗會戀戀的菜鳥仔規陣夆焄起去到遐，遐嘛是「後山」。

　　頂世紀尾的九〇年代，我寄跤佇「後山」，想起來，彼應該攏是拋荒的坪仔田，毋知傳幾代的土地起的「農舍」。我徛水源街二段上尾棟四樓，厝頭家踮一樓，人誠客氣，是虔心的佛弟子，厝稅幾若年才起五百，一年兩擺來收錢攏足好禮的笑面，我的歌〈水源街〉唱著的厝頭家毋是伊，是欲表達一个普遍現象而已。

對淡江後門來到遮一公里左右，佳哉是一逝懸陵[54]攏免踮崎，過阮樓跤閣繼續行，一爿是相思仔，一爿是發草的山坪，幾簇菅芒開始占位，路墘的水溝無崁蓋，嘛猶無趕濟學生駛車借停，溝仔水足清，好運撈會著蝦仔囝細細尾，秋天若到閣有毛蟹。水源地就佇三百米外，出泉流來的水攏猶未汙染著，溝仔底的生物才有通活。

打馬膠大路到街尾彎倒爿去，直直無綴咧斡的小路是346巷，巷仔入去，樹林蔭蔭[55]加真涼，熱--人蟬仔叫歌inn-inn 吼，頭前面就是「滬尾水道」的源頭，雙峻頭水源地，海拔量約八十米懸。台灣第一條自來水道就對這窟泉空取水，送落去淡水河邊的滬尾街，水道一八九九年完工，日本人提台灣才四冬，我大學閣讀加人一冬。

自來水，老輩慣勢講「水道水」，家家戶戶捒開就有水的開關叫「水道頭」——彼敢毋是「水道尾」？是「水尾仔」較著啊，阮後山水源地毋才是「水道頭」，滬尾水道正港按

54 懸陵 kuân-niā：高崗嶺線。

55 蔭蔭 im-n̂g：遮蔭。

遮起頭。號名的理路攏無的確的，像後山「水道頭」附近，
在地人叫「山跤」，咱想無，都佇半山腰矣，哪會是「山
跤」？水源地彼粒山，是我佇涼台洗衫的時攏看會著的，雲
開猶未？衫披會焦無？山頭是天然的濕度計。有泉空的山，
予我想著《易經》的「蒙」卦，《象辭》解說的「山下出泉」，
按呢就有影是「山跤」。

　　斡倒爿去的大路，斡彎彼个跡固定停一台糞埽車囝，予
糞埽車無蹔到位的後山人利便，不管時攏會當來遮擲，毋知
清潔隊偌久換一車。林生祥捌一改散步的時，佇這堆糞埽內
底扰著一支 git-tah，而且規支新新新，好勢噹噹，也算是一
件「後山傳奇」。

　　斡彎過，無偌遠，路邊開始有水蘿菜窟，閣較過咧，就
到「淡江農場」。礦泉游泳池寒人無開，熱天時仔水足冰，
我做過賣票的工讀生，票口的 a-khú-lih[56] 窗看出去，對面挂
好燕樓李家古厝，出大日的頂晡，鷗鴿定佇彼條山的天頂摸
飛。票亭仔佇大門入來倒手爿較低小可，大門外斜對面路埕

---

56 a-khú-lih：壓克力。

跤嘛有一港泉，泉空出來接一逝溝，溝仔邊就有水蕹菜窟。幾坎梯落去到溝墘，泉水沐沐漬佮潺潺流的聲，規年透冬無停的。

彼逝溝定定有人浸水蕹菜，攏是路邊彼幾窟現割起來，貯佇上大跤的茭薦仔，楔甲飽滇滇，實實實[57]，才規跤浸佇溝仔底，由在泉水去沖。外地人聽著「水蕹菜」，全掠準是平常咧食的蕹菜插佇水裡；淡水人的「水蕹菜」毋是，毋但無空心有管，菜葉閣略仔圓圓，細細葉真雅氣，日本時代有紀錄寫「豆瓣菜」，香港人共叫「西洋菜」，聽講是有人對葡萄牙粜轉來香港，到今閣有一條「西洋菜街」，「西洋菜」佇英國嘛真普遍，到底是啥物時陣傳來淡水的？就歹稽考矣。

水蕹菜貯佇茭薦袋仔，看起來若一大篋「茭薦仔皮篋水蕹菜」，泉空口的溝仔頭，逐不時有幾若大「篋」浸佇遐，可能是明仔透早欲赴早市的，抑是人注文欲交餐廳的，先浸佇涼冰冰的泉水過暝，毋免冰冰箱，本底就無啥垃儳的菜也

---

57 實實實 tsa̍t-tsa̍t-tsa̍t：密實。

順紲過洗盪。以早散步行到遐，跍落來看彼港泉水流，你會相信，無，彼毋是相信，彼是完全的確定，確定這个世界本來是遐爾清氣的，大自然並無虧負咱人。幾若擺暗時行到遐，佇水聲佮美國水雞捎伴的枵飽吵裡，看著彼幾大「篋」水薤菜恬恬佇水溝過暝，彼是一份佇「前山」已經無地揣的安心佮信任。

果然，袂記得佗一年矣，閣倒轉去後山的時，泉空出來的水溝仔頂，加架[58]一座白鐵仔拍的籠仔，有門，有大鎖，是設來專門欲關水薤菜的。我想著顧檳榔園的狗，見著人就吠甲痟掉狂；我無法度接受一座鐵籠仔內關的是菜，而且是上蓋愛清氣的水薤菜。清水街早市一把水薤菜，較早是二十箍銀，毋知起到三十矣無。彼座白鐵仔籠仔，是有人偷揜菜才設的，抑是後山行踏的人那來那複雜，水薤菜無關無鎖袂使，攏予咱看著真艱苦。自從有彼座鐵籠仔，我就無想閣欲對遐去矣。

水薤菜重水，水質有夠清氣才出有，我來淡水捌著伊了

---

58 架 khuè

後，見若市場有看著，一定會買，簡單炒一下薑絲，蒜頭茭芳炒魚脯仔嘛好，食著攏真䆀嗛，炕湯就較工夫。佇淡水的最後一个秋天，想欲㧣幾把水蔍菜落南，彼工拜二，規逝早市行到透攏無看見人賣，聽講著拜六禮拜較有。

我 oo-tóo-bái 騎咧，決心去頂路（101 縣道）揣，水梘頭、天元宮、北新庄仔，路邊做觀光客生理的菜架仔，看敢有一兩把通賣我。沿路問，問甲攏過北新庄仔矣，猶毋願死心。過龜仔山橋，一頂涼棚仔跤一位阿桑咧顧擔，賣茭白筍仔，報我若欲愛水蔍菜，個頭家這馬人現現佇田裡，我家己起去共揣，共講伊講的，叫伊割一寡賣我。

人講「食無三把蔍菜，就想欲上西天」，彼工，照阿桑的話，對橋尾彼逝路幹入去，可憐我的五十仔距崎強欲無力，正經是「想欲食三把水蔍菜，拚去到西天」。打馬膠路盡磅一欉大樹，車停佇遐，干焦田岸路通行，水田一坎一坎懸起去，凡勢是大屯溪邊上懸的水田矣，阿桑個頭家毋知佇佗位。

「有人佇咧無？——」靜 tsiauh-tsiauh 的山窩，有樹仔

吸音，叫聲無運⁵⁹ 倒轉來。

「有人佇咧無？──」過一時仔，一个戴瓜笠的阿伯對頂頭的茭白筍欉徛出來。

「阿伯，我欲買水薤菜，恁太太報我來遮。」阿伯沓沓仔行落來，我說明來意。

伊本底就褪赤跤，聽我講煞，跤閣踏落去另外較低彼坵田底，phián 茭白筍欉跤的水薤菜，向落去割予我。伊講，彼水薤菜是順紲插的，放予家己去淡，這人較毋捌，較無人買，規窟彼款的是有人專門咧收，伊割較幼的予我，賰的閣會家己發。

一下手，割差不多兩把的額，田岸邊扷一節草仔枝，纏兩輾，縛予略仔絚咧，拍一个結，就是產地現割的水薤菜。規早起的走傱，總算無白了工。

我規心干焦欲買水薤菜，阿伯是一直咧呵咾伊種的茭白筍，講足好，攏人來到厝裡買，一下買十五、六斤都有，個攏毋捌咧載出去銷。

---

59 運 īn：回聲。

「阿伯，彼埔里的茭白筍，佮咱遮的比起來按怎？」

「啊，埔里的歹食啦！」

「敢有影？按怎講？」

「咱遮的水加較冷，茭白筍食著較幼。」

佮水蘿菜相搭，茭白筍嘛真重水，平平水質好，咱閣贏人一步冷。較好食的茭白筍，著愛作穡人毋驚田水冷霜霜。

新曆十月中，田裡的茭白筍比人較懸，毋知啥物時陣種的，阿伯講是三月。

「新曆抑舊曆？」

「咱人。」

無疑閣再一擺聽著「咱人」！

「咱人」就是「舊曆」的意思，阮阿母嘛會按呢講。可能是日本時代，日本政府推行新曆，慣勢照舊曆過日的台灣人袂爽，就用這句「咱人」來代替舊曆，毋知敢通算是僻話，意思個過新曆的毋是「咱」，嘛毋是「人」。

阿伯從十幾歲仔作穡到今，欲八十矣。較早遮的田攏佈稻仔，後來稻仔價數穤，才改種茭白筍。個這代的農民，是確實活佇「咱人」的人。天都欲無照甲子矣，「咱人」當時種作、當時收，月圓月缺，猶原也是照「咱人」的起工。

　　我一逝路跙崎跙起來到遮，買著水蕹菜，才閣全一逝田岸路細膩踏落去，落去大樹跤牽我的五十仔，車發動，擋仔毋敢全放，寬寬仔溜落去公路口。

　　這逝路，阿伯對十幾歲仔逐工行，行到今。我看伊攏褪赤跤無穿靴管，跤盤溈甲全塗糜，想起進前相連紲兩个朋友問我：「農夫下田為什麼不穿鞋？」，我從到今毋捌有這個疑問，作穡人落田穿鞋才是奇怪！——這个問題拄好順紲問阿伯，伊講「穿鞋較笨」。這个「笨」，毋是頭腦戇戇的笨，是笨跤笨手的笨。

　　三把水蕹菜揹佇手裡未意食，若親像去過一逝西天倒轉來。佇彼西天裡，熟似著一位真人，檢采天無照甲子，嘛是幾坵山田逐工顧予好，過咱人的日子。

2021.04

紅柿出頭
Âng-khī tshut-thâu

　　頭一擺去修道院做園仔的工,會記得是秋天過矣,開闊的空地,草仔擛甲平平,修女焄我去看一欉落甲賰無幾葉的樹仔,共我講彼欉是柿仔,今年的紅柿生了矣,這馬咧歇冬──我彼下晡的工課,就是看有枯枝佮病枝無,若有,就共遏斷,抑是攑剪仔剪挩揀,尾手才閣共落規塗跤的焦葉抔去糞堆。

　　彼當陣我三十捅,佇台北東區食頭路,無想欲踮大都市的舊公寓樓尾頂貓徙岫,甘願徛淡水逐工通勤。三十歲是按呢:全沿的出來江湖走跳有一站矣,應該上無攏搦著一條索仔,踏入某一業,抑是準備欲起家。有對象咧行的,袂堪得閣拖;猶無對象的,愛有一个人的拍算。

　　光 lu-lu 的柿仔欉,人介紹咱才捌,就算葉仔 ām-phà-phà[60]，樹尾若無出紅柿，可能嘛是袂認得。屏東的風土無合紅柿，適合「台灣原生種」的毛柿，恆春半島猶有地看野生的老欉，屏東市是栽咧做路樹：安全道的，規排修理甲乖乖乖，驚礙著人駛車看路；人行道的就無耐性矣，剪甲像狗齧的。六、七月仔炎天赤日頭，毛柿綴咧大出，紅柑仔色一粒一粒像網球，皮面一重幼毛毛[61]的毛，摸著若絨仔布，有一種熱，是咱替伊感覺真熱。

「柿仔紅矣」這款秋天的意象，佇阮屏東是揣無的。阮遛「柿仔紅矣」的時，天氣熱甲死無人，規欉的毛柿無人挽，樹仔跤的毛柿嘛無人抾。毛柿會食得，毛毛的皮剾扴捔，規粒破做四周，子挖起來，取彼瓣黃黃的薄肉，哺咧喉裡洴甜仔洴甜，我捌烏白變共炒肉絲，滋味普普仔。一粒毛柿才彼塊仔肉通唌穇，閣費氣費觸，莫怪無人振動。

第一擺做園仔工，就做著生份的柿子欉，佮熟似著一位新朋友仝款。

---

60 ām-phà-phà：茂盛。

61 幼毛毛 iù-moo-moo：細毛。

有照起工顧的柿仔欉，主要的椏攏離低落來矣，予咱這生手真好做工課。較可惱的是無經驗，判斷會重耽，彼枝仔到底是死矣抑假睏？明明看伊焦涸涸，一下手遏落去才知猶韌韌，啊，失禮！共傷著矣。佳哉修院毋是靠這柿仔收成咧食穿，這欉柿仔嘛有夠大欉，有容允咱脫箠的大量。

人咧講，冊咧寫，攏是「落葉歸根」，正經欲顧一欉柿仔才學著，落塗的焦葉愛總摒，袂當遺佇樹仔跤，驚有帶菌或者有蟲卵寄生，淡對產後當虛弱的母欉。柿仔葉一年的任務一下結束，攏無予伊通留戀，一台孤輪車就共車去糞堆，修院有專門燒枯枝焦葉的塗窟，曠闊的崙頂，寬寬仔滾上天的白煙，袂夆檢舉，嘛袂去透著這个時代的塑膠味；濕氣重的山崙，起火燒枯柴枝有生態掠中和的作用。

三十捅彼幾年，假日大概就按呢，有閒就去修院的園仔鬥跤手，疏果、套袋仔、剪椏、捻生菇的鹽桑仔，修女交代啥就做啥。一塊無潑藥無落化學肥的土地，大自然的媌佮雄攏無咧客氣，連鞭會教咱知輕重，做議量的佮趁欲有夠食的種作，差大碼咧。出社會體會著的，嘛全一層代：興趣做的，欲到會當做飯碗捗，捗了會在，彼愛誠拍拚，嘛愛有夠好運。出版社的頭路是一條索，一禮拜一晡園仔工，是另外

一條索，若雙爿手掌 [62] 扦綴，會行去佗？根本毋知影，干焦
感覺哪會一直咧過橋。

　　摒柿仔的隔轉年，中秋前，開始起涼風，總算看著彼欉
柿仔出，出甲有夠厚，一椏頕頕幾若粒，規樹頭滿滿是，有
袂少已經先包紙橐仔矣，包無著的猶誠濟。想著俗語咧講：
「紅柿若出頭，羅漢跤目屎流」，精差彼柿仔逐粒攏閣青青，
無熟柿影目的紅，秋意猶未夠分。

　　修女講伊想欲試看覓，來做「柿漆」。我知紅柿好食、
柿粿好食，毋知柿仔也會使做漆。聽講方法是按呢：洗清氣
的青柿仔，攑木槌摃，摃甲碎糊糊的柿仔肉，入麻布袋擠
汁，彼汁倒入甕仔內，封起來园兩冬，規个工課路忌鐵，袂
當沾著鐵器。兩冬後，柿汁面頂彼重油，就是「柿漆」，真
好的天然漆。後來我才對《台日大辭典》看著「柿仔汁」這
个詞，原來就是當年的「柿漆」。辭典裡另外有詞條「柿仔
紙」、「柿仔扇」、「柿汁扇」，紙扇的紙加食一重柿漆，紙
質較有韌，蟲嘛毋敢來倚，日本這馬猶有人做。

---

62 手掌 tshiú-so：扶手。

　　修女欲做柿仔汁,是按算共聖堂的椅條重漆。伊講,聖堂的長椅條上早彼遍漆上好,後來閣油的幾擺,攏無偌久就開始落漆,可見近來油漆的品質愈來愈穤。園裡青柿仔遐厚,原料便便,假使柿仔汁做有成,就會當家己來油,天然的閣較好。我彼下晡的穡頭,就是挽遐个紙橐仔包無著的青柿,也算是疏果。挽一大堆,一粒仔一粒憑頭洗清氣,柿蒂向下底,排佇桶盤予水慢慢仔焦,後禮拜來才閣繼續。

　　聽講彼甕柿仔汁無成功,我想嘛是無遐簡單。

　　人生來到三十捅,一个大雙叉路口,勝犬組 ngáu-ngáu 吠,敗犬組 kainn-kainn 叫,倒反過來的情形嘛是有,人生無的確的,確定的是青春不再。佮羅漢跤全組的敗犬姊仔,佇淡水的秋天,看著紅柿出頭,對羅漢跤的目屎真會當明瞭。

　　紅紅的熟柿,色水遐爾婧,佇秋天金色的日頭跤看著遐爾溫暖,毋過冬天隨欲來矣。暗頭仔起涼風,無加疊衫會去予感著。規條街仔路遐爾鬧熱,來迌迌的抑是在地的,攏有欲轉去的家。一四界遐濟厝,買無一間;遐濟人,掠無一个(喂,都毋是咧掠交替閣)。家是坑,真無簡單才對一个坑爬出來,根本袂想欲跍落去另外一个坑。

　　有一暗落大雨，跍崎對重建街行轉來，媽祖廟邊一間有應公廟仔，香案桌加耷一盆花，細家蕊仔的白花開滿盆，看，若黃梔仔也若茶花。落雨答滴，廟仔邊煞徛一个人，就路燈火咧看書。伊講伊嘛毋知彼啥物花，是媽祖廟廟公捀來的。我好奇，問伊咧看啥物冊，原來是人助印，提來廟仔結緣的善書。

　　「你蹛這附近喔？」

　　「無，我流浪漢，我就蹛遮。」

　　頭一回聽著人遮有氣魄，家己報「我流浪漢！」──直接，坦白，袂歹勢，無咧驚人知。

　　若我，上加會當應人：「無，我飄浪之女，我閣咧揣所在。」──總是有一位閣較理想的所在佇頭前，無行到位煞毋知。

　　廟公捀來的彼盆花是「玉堂春」，黃梔仔的一款品種，後來閣拄著，問的。

　　三十捅閣捅幾若年起去，上班生活愈來愈火化[63]，紡袂

---

63 火化 hué-hua：火熄。

行，終其尾來離開，對人對家已攏好。

佇淡水的最後一个秋天，竹篙厝迥下街的早市幹角，一个戴瓜笠的阿伯來佇遐，幾若跤披仔的紅柿，排出來塗跤賣，一張白紙寫「本地仔」。

久見這款自然生、自然長的紅柿，毋是羅漢跤，嘛會目屎流、目屎滴，感動甲。

「本地仔」就是本地的物產，我佇屏東庄跤買豬肉，頭家娘會唱明：「這咱本地仔的烏豬！」，本地人賣「本地仔」物，就是有一份「人走袂去」的品質保證佮信用。

阿伯是淡水瓦窯坑的人，柿仔欉聽講佇個厝後壁面，五、六層樓仔懸，我暗想，穩當是徛個兜看去五、六層樓懸，掛彼後山坪的款，一欉紅柿誠實大會到五、六層樓遐懸？這个問題無蓋重要，先按下。阿伯講伊跍起去鋸，鋸鋸落來才收遮个紅柿，這擺樹尾規大葩攏鋸鋸起來矣，就愛三年後才有通閣收，閬三年的時間，予老欉查查仔閣去發新穎，閣去生。

無洗藥仔的野生紅柿，有皮衫誠婿的，較濟是稞婿仔稞婿的。

一个阿婆，看著阿伯賣的紅柿有夠歡喜，講伊細漢蓋想

欲食紅柿，個母仔留欲賣，不准個囡仔人挽，伊就偷偷仔用
摃的，摃樹仔，摃予柿仔落落來，規粒猶有有，頓破皮爾，
就緊提去浸水予變脆柿，做囡仔的心適代記到老。

　　我佮阿婆仝齊跍佇擔仔前嗤嗤呲呲，我是欲翕相，阿婆
是欲看斟酌，揀幾粒仔伊囡仔時代的夢幻果子，當年饞食食
無著的。彼年，我四十捅較加矣，阿婆敢七十欲八十矣喔。
阮仝款會認得自然生的紅柿，仝款佇淡水的秋天，對著時的
「紅柿出頭」有感情——這款有緣無緣做伙「仝款」，予阮永
遠是仝一世代的人。

2021.05

蠻皮梅仔樹

Bân-phuê muî-á-tshiū

頭一擺聽著人講「梅仔（buê-á）」，雄雄掠準是「襪仔（bue̍h-á）」，「襪仔」足好食！哪會按呢？

彼是我已經來淡水讀冊，佇台語文社，聽著南投來的社友講的，講：個遐的山裡蓋濟人種「buê-á」。

從細漢，阮攏是講「muî-á」。可能是氣候傷過燒熱，佇屏東，從到今毋捌看過一欉真正的梅仔樹。我做囡仔的時，有一站足興食鹹梅仔，橐袋仔若有一箍銀，就會走去阿良伯的糖仔店買。阿良伯的店真專門，「乖乖」攏是像披襪仔按呢鋏咧，三種口味吊佇店口上頭到，風若吹閣會踅；店內的糖仔餅仔瓜子，攏貯佇玻璃罐，大罐細罐五花十色，真好食款，足噬 -- 人，欲買偌濟，蓋才撥 -- 開抔予人客。阮這種小主顧買毋成物，一改交關幾粒仔囝，無咧用塑膠橐仔，阿良伯的包裝，攏是一張紙黏做尖筍仔筒，糖仔橐落去，紙筒

仔喙拗一下，就會當予阮捎咧行。

　　阿良伯的糖仔店，有一大罐紅梅仔、一大罐白梅仔。

　　彼站仔毋知佗一條筋無拄好，我特別愛食白的，討有錢就走去買。有一工，阮爸仔看著我又閣咧啖白梅仔（一粒就會當啖足久的！），伊講欲共我講一个祕密，問我敢知影白梅仔是啥物做的──我才讀幼稚園爾，曷有通捌甲遐濟 ?! 當然嘛是阿托阿托 ⁶⁴ 搖頭。阮爸仔才蓋成足神祕按呢，倚來耳空，共我偷講，講：伊有看著，看著阿良伯佇路邊咧曝狗屎，彼狗屎曝焦，就是我咧食的白梅仔⋯⋯

　　「你烏白講！我才毋相信！」明知阮爸仔是咧講譀古，騙囡仔，猶毋過，白梅仔含佇嘴裡，閣誠實會去想著路邊的狗屎，曝甲欲焦欲焦、略仔反白閣有必巡，一條長長若捻做四、五粒，搓圓圓，小可攝攝，敢真正就變做白梅仔？⋯⋯「哇！討厭啦！我欲換食紅梅仔啦！」

　　白梅仔、紅梅仔，攏是梅仔樹生的梅仔豉的──等我親目睭看著樹頂一粒一粒青梅仔，叮叮咚咚，已經是出社會了

---

64 阿托阿托 a-thuh-a-thuh：呆呆。

後參加活動，佇南投東埔附近的陳有蘭溪邊，不止仔崎的山坡，規大片無人管顧的梅仔園，因為人工貴，價數袂和，規氣放咧做伊去。

七〇年代出世的我，佇阮的鎮內，逐早起七點，鎮公所攏會準時放送，先放十幾分鐘的愛國歌曲，才開始向鎮民報告：「各位親愛的鎮民逐家早安，遮是鎮公所播音站，下面有幾項代誌報告，第一……」報告煞，閣再放一輪愛國歌曲，放送頭才甘願恬去。劉家昌的〈梅花〉是逐日早起上代先放的歌，而且重複上蓋濟擺，「梅花梅花滿天下，越冷它越開花，梅花堅忍象徵我們，巍巍的大中華……」一年三百六十五工，我聽超過一千遍有，進行曲版的。彼當陣閣有電影《梅花》，全校學生毛去電影戲園看，電視嘛重播幾若回，彼條主題歌就慢版的。

我提去買鹹梅仔的銀角仔，彼一箍銀，雙面花草一爿是「蘭」、一爿是「梅」，囡仔人拄著花（hue）袂平的代誌，一箍銀擲起去，手蹄仔共歁落來：「你臆是『蘭』抑是『梅』？」，用這步來決。大人佇厝拜公媽佮地基主，欲跋桮問個食飽未，無像廟裡有好柴佮竹頭捙的桮，攏嘛橐袋仔捎兩箍銀出來，踅踅唸了，跋對塗跤，一「蘭」、一「梅」，

象栖，食飽矣！若攏是「梅」抑攏是「蘭」，就猶未食飽。

「梅」的象徵，若一粒婧婧的印仔，透過國家機器威權，四界砶，四界頓。砶久頓久來，閣誠實印佇人民腦神經欉裡彼區「有印象、無感覺」的暗間仔。有真深的印象，但是無偌濟真實的感覺。逐家頭殼內梅花梅花滿天下，梅花的符號貼滿滿，煞真有可能一蕊真實的梅花都毋捌感受過——有時小回想一下，過去受的教育，攏是佇這間暗間仔欉欉囥囥規大堆物件，予咱實頭實腦戇戇槌槌。

梅花真婧，芳味真清。我看著江兆申先生水墨造境的風櫃斗梅花，我鼻著淡水鼻頭崙頂聖母園裡彼三欉白梅，逐年，佇寒冬冷霜霜的風雨裡、佇晴冬蜜蜂齊出動的日頭跤——梅，確實是像古典詩詞所形容的婧，疏影橫斜，暗香浮動。

毋過，就佮天下間的俊男美女全款，看婧是一回事，欲下感情相款待是另外一回事。

我毋知影南投、嘉義山區，做經濟作物的梅仔樹攏按怎栽培，我干焦熟似淡水這三欉，清明前後有青梅仔通收，挽了，做夏季修剪，閣來就到立冬，葉仔落了猶未開花進前，才閣一擺整枝大修。芳齡二十的梅樹，逐年新曆過年彼跤兜

開花，規欉樹仔白點密密密，遠遠看去，敢若花店賣的「滿天星」的放大版，不過「滿天星」無伊彼味清芳。

梅仔樹實在誠特殊。墨水畫的梅樹，彼款澹澹水水的婿，欣賞的人完全感覺袂著伊真實的性——真實的梅仔樹，逐枝向天躘起去的枝條，攏非常有「彈性」，攑來捽人百面流血流滴，毋是「揁」，是「捽」喔，梅樹的新 hông[65]，有一種獨獨伊有的「彈力」，毋是有嘛毋是軟，是欲若藤條佮皮鞭合起來閣相扯。而且，逐枝藔懸的椏，第二年閣出橫的新 hông，袂輸童乩的鯊魚劍，閣毋是干焦扁扁一面雙爿齒爾，是規箍輪攏會生，規樹椏全全刺，規樹欉刺夯夯——姑馬椅踏起去，欲做彼樹頂的工課，不管是挽梅仔抑是剪椏，攏敢若規頭殼探入去刺帕編的岫。世事安排總是有伊的深意，一穗配一好，遮的刺鑿的「側生枝」是梅仔樹的寄望，後冬的花對遐開，梅仔嘛會對遐出。

漸漸了解梅仔樹，對伊的感想就是「蠻皮」這个詞。這「蠻皮」閣毋是囡仔人抑是少年人的專利，一欉長歲壽的老

---

65 新 hông：新梢。

梅嘛全款「蠻皮」，並無因為食老就較落軟，枝條的性攏無變──「彈性」的本質，敢毋是會當伸勾真有量，哪會顛倒變成拗抉斷的蠻？老梅的樹勢足成一位武林高手，馬勢徛甲在在在，樹身有彎有曲，葉仔落甲離的時誠稀微，花大開的時，蜂來採蜜，遐細隻的蜂，嘛是隨身紮一支針。

　　一九二九年，中華民國政府選梅花做「國花」，一定無想到後來會走路，到今閣守佇台灣，「守」佮「蔣」，差一聲鼻音爾。「梅花梅花滿天下」，「天下」廣大無邊，其實梅樹佮意的環境，主要就是佇長江流域。「越冷它越開花」嘛無啥著，零下八度閣落去，伊的花就會落了了。「梅花堅忍象徵我們」，溫帶地的大陸風土，民族性真需要梅花的精神；台灣屬亞熱帶氣候，物產豐富，餓袂死人的蓬萊仙島，對抗人為的壓迫才需要「堅忍」。

　　我心內的國花是台灣百合，單純仔單純的白，徛騰騰若鼓吹，孤一枝也好，有伴開規大片也好，風、日頭、草埔、鳥仔、蝶仔……熱情攏受伊鼓舞。逐年熱天，淡水埤島一坵百合花開甲真鬧熱，我攏會專工去看，佇彼台灣不二 sak-khuh[66] 佮工研醋工廠附近，無啥人知的產業道路邊，這馬欲去揣毋知敢揣有。

　　千年田地八百主，國會興滅，花猶是花。梅花、百合，淡水的山崙有個，實在真福氣。

2006.11.13 花埕照日，2023.01 修

---

66 sak-khuh：保險套。

圭柔山人柚仔公
Kue-jiû-san-jîn iū-á-kong

　　淡水往三芝的淡金公路（台2線），老淡水人攏是用「幾號橋」來記所在。

　　中山路一間手工棉襀被店，頭家娘講佇較早的店佇「一號橋」遐，家己有工廠——伊的「一號橋」，是我的公車站牌「米粉寮」彼搭。車走公路攏嘛駛緊緊，啥人知彼橋登記第幾號？毋過老淡水人就是知，「二號橋土地公」、「五號橋夜市」、「阮蹛佇幾號橋較過」，「幾號橋」袂輸是個相約束的暗號。

　　淡水的範圍，對一號橋到十號橋，差不多是公司田溪到大屯溪，閣過就三芝。半途中的「五號橋夜市」是佇集應廟廟埕，彼箍圍仔有一个地名誠特殊叫「下圭柔山」，一支車牌仔，邊仔一逝「圭柔山路」是鄉道「北8」，踮起去是頂圭柔山，直週北新庄仔拄好接巴拉卡公路。

聽講「圭柔」是樹名，嘛有人寫做「雞柔」，可見「雞」、「圭」是全音「kue」。《裨海紀遊》裡（康熙三十六年，一六九七年），淡水河口附近的番社，有一社就叫「雞洲山社」；《諸羅縣志》（康熙五十六年，一七一七年）附的山川總圖，嘛有標出「雞柔山」、「雞柔社」；《康熙皇輿全覽圖》內底（康熙五十八年，一七一九年），淡水城後面的山，就有一支寫「圭柔山　至淡水城陸拾里」；民間的地契嘛有人寫「街柔山」。

有一回予人洗頭鉸頭毛，拄著一位現代的「圭柔山人」，掠著機會通當面請教：

「姊仔，咱借問 -- 一下，彼『下圭柔山』，恁遐在地人攏按怎講？」

「Ē-kue-lōo-san。」

「啥物？我聽無清楚，請你閣講 -- 一遍……」

「Ē-kue-lōo-san。」

面模仔佮體格攏闊闊，予我會想著琉球小姐像夏川里美的這位阿姊，兩肢手全雪文沫當咧共我洗頭，佇我頭殼頂大細力抓。

「啊恁敢知影，恁遐是按怎叫『Ē-kue-lōo-san』？」

「曷知，人就攏講『Ē-kue-lōo-san』啊⋯⋯」

「『圭柔』，台語毋是叫『kue-jiû』抑是『kui-jiû』喔？」

彼擺，去予正港的下圭柔山人笑，人透世人根本毋捌聽過「kue-jiû」。

咱會按呢問，坦白講，是有淡薄仔希望聽著佮文史資料裡對對對的講法——著啊著啊，阮下圭柔山乎，古早就是有足濟圭柔樹，清朝的時陣阮號做圭柔社，後來佮北投社、大屯社敆做「圭北屯社」⋯⋯

網路發達的時代，真濟資料 google 一下手隨有，結果逐家寫的攏差不多差不多，毋知到底啥人抄啥人。正經搪著一位在地人，文字資料煞敢若無路用去。佳哉咱猶閣無遐毋知穩，好為人師：啊，恁遐會叫做「下圭柔山」乎，就是古早有足濟圭柔樹，啊這圭柔乎，是一種好柴，也就是「櫸木」，表面袂輸有抹一重雞油，金金滑滑，啊這冊有寫、網路嘛有⋯⋯牽罟撈來的內容，鬥鬥咧隨就灌予別人，實在無妥當。

佇二樓的家庭式電頭毛店，彼下晡干焦阮三个查某人，屈佇膨椅罔掀雜誌的姊仔，目尾尖尖、頭毛電甲虯虯虯，對這个話題原仔有趣味：

「『ㄍㄨㄟ ㄖㄡˊ』，台語煞毋是就變『ㄍㄨㄟ ㄌㄡˇ』……」

我心內偷笑，「粿爐」，炊粿閣會發爐！──不過嘛是毋死心，想講閣問看覓：

「啊你敢知影『下圭柔山』這个地名按怎來的？」

「粿爐」阿姊誠天才，伊講：

「一定是遐有一條街（kue），閣有一支山（suann），才會叫做『下街路山』（Ē-kue-lōo-san）──我想一定是按呢！」

譁！我攏無想著呢！這个解說，凡勢有影喔。

電頭毛店仔「水碓仔」，地勢較懸，個遮的人講淡水舊街叫「下街」（ē-kue）。我想起三芝的朋友講，三芝人共走北新庄仔山區的 101 縣道叫「頂路」，沿海的淡金公路叫「下路」，若按呢，「下路」、「下街路」、「下街路山」，敢有可能是這款演變？「下圭柔山庄」、「頂圭柔山庄」，攏是平埔族社，到底「圭柔山」是平埔話的音，抑是有影規條山崙真濟圭柔樹，我心內是先共框起來的。

有一年春天，對聖本篤修道院出來，大門外閣起去一塊仔，路邊一坎三尺懸的紅毛塗基座，懸頂一間廟仔開雙門，進前攏無注意著。彼工，廟邊一欉樹仔縒一條紅綵，可能是

拄結的，鮮沢顯目，滿樹椏當咧發新穎，苴葉翠青甲若玉仔，相配搭，真婿。

我車暫拄一爿，專工跍起去共探看覓——奇咧，這欉樹都無偌老款，腰身一尋[67]外爾，樹皮也無蓋攝，縖紅綵做樹伯公敢袂傷少年？樹仔跤的廟共看斟酌：龍爿蹛的，是「福德正神」土地公；虎爿無神像，桌頂一細粒香爐、三塊敬茶的甌仔，一副栯分雙爿囥，唯一的供品，是一盒八粒裝的金莎 tsioo-kóo-lè-tooh[68]！這是拜佗一位神明？白壁正中的石牌刻三字金字：「柚仔公」。

縖紅綵的樹伯公，敢「柚仔」？騙人毋捌柚仔，修院內就幾若欉，三月天的柚仔花芳，會予人感覺是佇天堂。敢講，是鼻頭崙較早出柚仔，有「柚仔公」信仰？無道理啊，大樹佮廟仔是做伙的，「柚仔公」定著是有紅綵的這欉無錯。

榕仔、楓仔、虹仔、樟仔、楠仔、杉仔……仔、仔、仔，啊莫名其妙哪會是「柚仔」？雄雄一下感應，敢講是

---

67 一尋 tsit-siâm：一成人張開雙臂的長度。

68 tsioo-kóo-lè-tooh：巧克力

「圭柔」→「雞油」→「油仔」→「柚仔」？這欉樹伯公，敢會就是「圭柔」？彼工我歡喜一下——後來證明，樹伯公毋是圭柔，是朴仔。為怎樣「油仔公」邊仔一欉繕紅綵的朴仔，我就無執拗閣追落去矣。

　　真正的圭柔，一欉就若揦壁虎，會共山壁綑綑綑挽牢牢。八八水災的時，嘉義梅山太和村一欉百外歲的圭柔，山頂沖落來的塗石流毋但偃伊袂倒，閣予擋牢咧，拆做雙港流，箍過老圭柔下爿的山坪，拄拄好閣出一塊洲仔，一塊島。我高雄的朋友簡姊也個後頭厝，就佇這欉老圭柔跤，簡姊也從細漢徛佇個兜的門口埕，就看會著厝後這欉老圭柔懸懸的樹尾，毋過攏毋捌看過伊的樹頭，想袂到有一工，九个親人、一隻狗、兩隻貓，會佇這欉老圭柔的遮閘裡，靠兩塊麭度過兩暝兩工，一塊孤島守咧，等到直升機來救援，最後攏平平安安落山，是無情的八八水災裡，上蓋感動人的奇蹟之一。

　　淡水的下圭柔山、頂圭柔山，山猶原在，圭柔煞攏無看見。遐爾有力的樹欉，嘛會有揦袂牢的山。違常的人，才咧怨嘆無常——天理敢按呢？

2009.09.16 花埕照日，2023.01 修

圓仔花佮雞髻花
Înn-á-hue kah ke-kuè-hue

食暗飽散步行對中山北路，金紙店店口姽一塊圓桌仔出來，規桌頂花把，全圓仔花佮雞髻花做一束——逐年干焦這个時才有賣這，人明仔載七夕拜七娘媽欲愛。

古早人哪會知七娘媽佮意這兩種花？查某人敢毋是較愛芳花？圓仔花佮雞髻花攏袂芳，雞髻花的型蓋成雞公髻，有當時仔倚傷近共看，彼塊雞髻肉密密密全毛，原來是實捅捅攏子，予人會起雞母皮。近來新品種的雞髻花加誠貓，彼一大丸紅花的攝紋，愈看愈成咱充血的腦。人彼圓仔花就真單純，袂按呢共人嚇驚，俗語煞笑伊毋知穗。

「生緣免生媠」，圓仔花佮雞髻花媠抑穗，欣賞在人，

毋過個誠有我的緣，見若看著個，就會來想起阮俺媽[69]。

　　阮兜舊厝佇舊街，頭前店面、後壁徛家，誠深落，有深井仔。阮這房徛上後落，阿媽佮阮蹛，爸母日時去田裡作穡，阮遮个囡仔跙厝，攏阿媽焄大漢的。兩層樓的紅瓦厝，內底的成格[70]是日本式：囡仔人上愛覕的被櫥，袂堪得偷泄尿的榻榻米，暗趖趖的眠床跤，紙糊甲一空一空的疏子門，閣有，彼款欲開著愛揀起去的玻璃窗，洗石仔面的窗下坁，捅一排短短的鐵枝，捀蛆跙窗仔迌迌，無細膩予挨著就知疼。彼是日人時代戰爭的時，寸銅寸鐵攏愛交出去，門窗的鐵枝鋸甲賰一細橛。

　　二樓外口的涼台，是阮阿媽種花的所在，幾塊磚仔角疊起來，圍一个四箍圍，圍內坉塗，就是伊的花園仔，就有種圓仔花佮雞髻花。

　　圓仔花佮雞髻花掠外，欲熱--人的時，有一欉大蕊的鼓吹花會開，跍佇伊頭前佮伊相對看，彼花粉鬖像豆菜，比豆

---

69 俺媽 án-má：祖母。

70 成格 tshiânn-keh：隔間裝潢。

菜閣較幼秀，頡頭欲落欲落的花粉黃錦錦，色緻足媠。花心吐出來的彼粒珠，略仔三角型，淡薄仔黏滑滑的青米色，佇猶未沯著花粉的時，會想著煠熟欲擱圓仔的粿餔。

「太陽花」是落尾才種的，向時毋知伊本名「非洲菊」。「日日春」的名是大漢家己看冊才知。有一擺佇樓頂，人來揣阮阿媽坐，我佇邊仔無聊一直共囉，手比彼欉日日春假司奶：「阿媽彼啥物花？」、「阿媽彼欉啥物花？」、「阿媽彼欉啥物花啦？」，無禮無貌，刁故意插話欲問到著，阮阿媽火一下著，斡頭歹我：「彼『厚話花』啦！」。日日春自按呢叫「厚話花」。

阿媽捌共我講，鳳仙花就是「指甲花」。講較早佮做tsőo囡仔，欲嫁進前攏愛染指甲，就是用「指甲花」染。花挽落來抾做堆，舂予爛，敢若閣愛摻一屑仔礬的款，出汁，共彼花汁漆佇新娘仔的指甲。最後一步我記了上清楚：漆紅紅的手指頭仔愛用葉仔包起來，縛予好勢，過暝——隔轉工睏醒，敨開，指甲就紅記記、媠噹噹。

灶跤菜櫥仔上下底的屜仔，就有兩塊礬，過年過節刣雞欲洗雞腹內，攏會提出來抹，規塊若糖霜，袂用得食真可惜，敢欲共提來參指甲花搥搥咧試看覓？囡仔時捌按呢想，

攏無真正去做，後來就大漢矣。古早款的指甲花愈來愈少人種，佇淡水攏干焦看著非洲鳳仙。大漢嘛才會去想著，袂記得問阿媽，跤指甲敢嘛愛染？伊是民國前九年出世，毋免縛跤的大跤新娘，跤指甲凡勢嘛著染紅紅。

阮俺媽愛種花，樓頂窗外貼一片鉛鉼，蘭花吊佇下跙，就袂直接曝著日；另外一向的壁跤，一跤花坩栽菊仔，一粒有瑕痕的缸仔栽瓊花。瓊花開佇熱--人暗暝，大開的時我早就睏甲毋知影人；菊仔花秋天尾才會開，一年的雨水落甲貼矣，天洗甲清氣湛湛，空櫳，秋清，特別寂寞。

低牆仔頂一跤有必巡的輕銀仔面桶，塗焦焦，種八卦紅，規丸若童乩的刺球，阿媽講會當食退火、退癀。刺夯夯是欲按怎食？童乩操五寶，刺球嘛無咧用吞的。我手賤，「厚話花」的心有一空，花柱像敕管，挽去插八卦紅的尖刺，鬥落去拄好合軀，就像八卦紅家己開的花，足心適。佮八卦紅仝款攏會鑿人的，閣有一盆利劍劍的蘆薈。玫瑰嘛有刺，毋過彼是 bàng-kah[71] 內底才有的花，阮兜無。

---

71 bàng-kah：卡通。

　　規逝舊街，攏全阮這型深落的厝宅，阮的二樓涼台邊，拄好隔壁的深井仔，一欉楊桃老欉蹛誠懸，葉仔誠茂，樹尾攏探對阮這爿來矣，逐年熱天楊桃生甲滿滿是，厝邊頭尾有先品好，欲食家己挽。我揣著一支篙仔，頭有一个鉤便便，鉤仔下底家己去加工，箍鉛線，鬥一跤布袋像網桸，欲挽楊桃的時，篙仔枝對阮兜二樓伸長去，佗一葩抑是佗一粒相予準，鉤仔摸一下，蒂頭掛幼枝一下力擊斷，楊桃落落布袋，有夠順手，驚傷大粒傷重爾。逐遍風颱過，阮兜深井仔規塗跤全楊桃葉佮楊桃，真拍損。

　　逐早起七點外，金爍爍的日頭光會對楊桃葉篩過來，拍佇阮兜過水仔的壁頂。鍍金的楊桃葉足好看，囡仔人的蠟筆佮彩色筆畫袂出彼个感覺。楊桃花開的時，無風無搖，花無意無意嘛會落對阮的深井仔。楊桃花足細蕊，逐蕊攏五瓣，粉紅點紫紅的色水誠雅，花幼幼真古錐，結的楊桃煞遏大粒、遏飽水。

　　楊桃花有深有淺的紅，圓仔花佮雞髻花配搭的紅，「厚話花」的厚話紅，閣有，後壁巷尾一口已經無咧燃的灶，刻印仔店的阿桑佇灶空種的煮飯花，個攏全國的，毋是啄鼻仔花彼款大紅、正紅，是敢若閣愛透寡紫色才調會出來的桃

紅——細漢的紅包橐仔，紙薄薄 -- 仔，「紅包色」是這款桃仔紅；去廟裡拜神，糕仔包婿婿的紙嘛是這款桃紅。

這款桃紅閣有公賣局米酒的紅標。阮老爸無 -- 去了後，下晡四點外天猶光光，洗身軀的燒水佇灶裡燃好，灶跤佮深井仔閣攏是燃柴的味，阮俺媽就開始一个人坐佇飯桌邊，啉伊的幌頭仔啉甲天暗。幌頭仔攏是我照伊的吩咐，去巷仔頭的簽仔店捒的，一罐十六箍，捔矸仔錢無共阮提，順紲閣買十箍銀塗豆。

「幌頭仔」就是紅標米酒，阿媽咧茫的時共我講的：「『幌頭仔』就是啉了頭會按呢～按呢～按呢幌啊，就叫『幌頭仔』……」

阮俺媽食酒，我袂感覺怪，可能是捌聽伊講過，較早佮後頭厝佇竹圍內有賣酒，佝兜一个澎湖伯仔專門咧熗酒。佇我去讀幼稚園進前，日時規工攏佮阿媽黏牢牢，深井仔邊的過水仔一條大條 [72] 的藤椅，睏晝起來，伊來佇遐坐，我綴咧坐邊仔椅頭仔，「熗酒」就是彼時伊共我講的，我毋捌啥物

---

72 條 liâu

是熗酒，想講「澎湖伯仔」哪會遐成「雷公伯仔」？熱天下晡坐咧坐咧，有時「雷公伯仔」就霆矣，西北雨就來矣，衫仔褲愛趕緊收。

逐下晡幌頭仔啉了慣勢，欲騙講籤仔店無賣矣，騙無啥會過。猶未到啉的時間，就一直揣代誌無閒，透中晝跔佇水搦仔跤洗銑鍋，鍋仔底的煙黗剾剾剾剾袂煞，底欲剾破矣；日頭當猛的時，一頂瓜笠仔戴咧，嘛是閣佇樓頂涼台掃塗跤，棕榔掃帚擦過塗跤的聲，沙沙、沙沙沙，像砂紙咧磨。有一工，聲音到一半煞定去，原來人已經無拄好，中風。去巷仔頭揹紅標幌頭仔買塗豆的任務，才按呢來結束。

看著這馬料理米酒的紅標，彼个紅，傷淺啦，像料理米酒無啥酒味。欲拜七娘媽的圓仔花佮雞髻花，才是阮阿媽的紅，佮伊啉的幌頭仔仝一色的桃紅。

小學五年開學無偌久，阮俺媽過往，出山彼工，是一个秋後熱的大好天，阮做內孫的戴白色的苎包，對舊街的舊厝發引，行路送阿媽到北勢廍埔。日頭曝規路，汗涵涵流，衫攏澹去矣，尻脊骿痱仔出規大片，過有夠久才退去。

去到地府的俺媽，敢有所在整一塊家己的花園仔？抑是花攏栽婧婧矣，像南音〈直入花園〉所唱的光景？佇「地下

花園」裡，毋知有穩穩仔婿的圓仔花佮雞髻花無。

2009.08.31 花垻照日，2021.03 重寫

黏阿媽
Liâm a-má

「阿媽，你的白頭毛走出來矣！」

捷運電車內，雄雄一个查某囡仔細細聲，佇我耳空邊按呢講。

頭略仔斡倒爿過，一个查某囡仔徛徛佇椅仔邊，一手扞鋼管，一手咧摸個阿媽的頭鬃。

個阿媽，就坐我後壁，佮我尻脊骿對尻脊骿無仝向，後斗擴拄後斗擴強欲相貼。

「阿媽，你有『頭皮屑』呢！」

查某囡仔差不多我佮個阿媽坐落來遐懸，伊對阿媽講話，袂輸嘛是對我講的。

我徛起來，想講位讓伊坐，伊搖頭，無愛就是無愛。

閣再坐落來，斡頭佮伊相對看，發現伊佮我全款，倒爿喙顆攏有一痕。我的痕是細漢去予赤耙耙的囡仔伴抓破面

的，伊的底若像印起去的，阿媽笑講是佇個老母腹肚內，去予電電著的。

「你讀幾年的？」

「三年。」

「『頭皮屑』的台語，叫『頭麩（thâu-phoo）』喔！」

伊目睭大大蕊共我看。

毋知有偌久矣，毋捌去感受著這款「自然」，阮細漢做囡仔嘛享受過的──彼款「黏阿媽」的自然：黏佇阿媽身軀邊，耍伊的頭鬃，發現伊的白頭毛，發現伊的頭麩，發現這，發現彼，阿媽阿媽叫攏袂瘥，阿媽阿媽是活欲惱死。

這款的「自然」愈來愈罕得矣，都市拄著的阿媽，攏誠拚勢用「台灣ㄍㄡˋ語」咧佮蟯嘰喳的孫講袂翻捙，有的較高級的家庭，新婦攏佮孫講英語，阿媽的角色，閣愈「外」矣。十八般武藝學透透的巧囡仔，毋知敢有時間黏阿媽，敢有機會對阿媽的白頭毛、阿媽的頭麩好奇？──這位三年仔的囡仔姊，是可愛的保育類動物。

個佇關渡站落車，落車的放送四種語言，查某囡仔綴阿媽尻川後行，那行那細細聲仔綴咧唸：關渡（ㄍㄨㄢㄉㄨ），干豆（Kan-tāu），guan tu，Guandu……客語、英語，嘛綴

咧唸迌迌。

　　個落車了後，車過干豆，淡水河一下開闊，煞予我一下非常懷念「黏阿媽」的「黏」。

2012.04.16 花埕照日

167 台語氣象台
167 Tâi-gí khì-siōng-tâi

佇台中靜宜大學海翁台語文學營的時,看著林錦賢兄排的冊擔,十偌年矣,錦賢兄猶原閣佇這途咧堅持,架仔頂賣的攏是佮台語相關的冊,市面上罕得看著的,伊遮攏總有。

難得一擺看著逿濟七字仔歌仔冊,當場手機仔隨 call out 予恆春兮,問伊敢有欲欲?⋯⋯真濟喔!唅予你鼻芳一下:《寶島新台灣歌》、《自由取婚娛樂歌》、《鄭國姓開台灣歌》、《家貧出孝子歌》、《李哪叱抽龍筋歌》⋯⋯價數?一部 73 10 篐,總仔共有偌濟部?頭家有攢規套的,289 部,2890 篐⋯⋯啊好矣~共決落去啦!⋯⋯有影?

恆春兮是我真重要的「台語之友」──「台語之友」,就

---

73 部 phō:歌仔冊的單位。

是彼款會當講台語講甲足綴拍的好朋友，是各種「朋友」的類型當中，上特別的一掅，屬於「阿華台語之友俱樂部」。（主張「脫華」的好朋友，歹勢啦，偏偏阮的名就有一字「華」，袂脫得啊！）

　　今仔日，恆春兮敲電話來問天氣，因為拜六欲起來載車（載中古車轉去高雄整理），順紲來我遮提彼一大袋的歌仔冊。

　　「喂！啊恁遐天氣好抑穤？」

　　「好啊！好甲有賰喔！」

　　「無落雨嗎？」

　　「欲佗落？天頂也無雲啊，諑，彼日頭有夠大圈，風有夠透，佮電風開一速的全款！啊恁遐咧？」

　　「阮遮喔……阮遮也出日、也落雨……」

　　「哪會按呢？」

　　「是講也落無蓋大陣啦，若狗仔咧濺尿按呢。」

　　「啥物？你講啥？像狗仔放尿？……」我忍不住哇哈哈，大笑——

　　「hènn hm̄，你毋捌看過狗仔放尿喔？彼狗仔放尿攏嘛

袂做一睏放，遮濺 -- 一下，遐濺 -- 一下，佮遮雨全款，一下落，一下停，也無講佇大港……」

我已經笑甲毋知影人——

「袂穩、袂穩，若狗仔放尿，彼雨予你講一下蓋成攏變做狗仔尿，有夠恐怖的啦。」

「你毋捌聽過嗎？閣共你講一个，蘭嶼彼个作家有無，叫啥物名去矣，」

「夏曼喔，夏曼藍波安。」

「個咧講時間，嘛是有講著尿，講差不多『一隻牛撒一泡尿的時間』……」

我的「台語之友」，攏是講講遮的有的無的五四三的，無啥物不得了的代誌——有時是天氣，有時是笑話，上重要的，是快樂，是趣味。

各位歌友可能毋知影，真正有一支「台語氣象台」的服務電話喔！號碼「167」，敲入去就會聽著真標準的台語：「歡迎使用中央氣象局天氣預報查詢系統，欲聽台語請抑『1』，oi thang Hak-ngi tshiang tshi『2』……」

敲入去才知，下港有豪大雨特報：「95 年 8 月 2 號 14

點 50 分，發佈大雨特報，今仔日台東地區、恆春半島有局部性大雨⋯⋯」

　　莫怪，恆春兮蹛佇高雄前鎮崗山仔，台東地區恆春半島的局部性大雨上北去到個遐，規腹肚尿應該放甲差不多矣，莫怪較細港。

　　狗仔出門散步，遮歡喜，共濺一港，遐袂爽，嘛共濺一港，尿毋做一睏放，電火柱仔、牆仔壁跤，一跡一跡，以「局部性」的排洩行為來達成「全面性」的地盤宣示，莫怪人攏講，有「狗」厲害。

　　今仔日的「台語之友」氣象時間，就為各位歌友播送到遮，多謝收聽！

2006.08.02 花埕照日，2023.01 修

萬代 a-lú-mih[74] 鼎
Bān-tāi a-lú-mih tiánn

今年，第一擺綴阿母學縛肉粽。

雖然學生時代捌因為營隊學過一擺，毋過，攏是少年人好耍爾爾，無影逿頂真欲學甲會。

佇灶跤無閒 tshì-tshà，無意中發現阿母手裡提的一口鍋仔，白鐵仔色舊舊殕殕，看著就毋是這个時代的產品。

「阿母！這口鍋仔當時的？」自從熟似「鍋」阿亮了後，目睭看著舊銅鼎仔，攏會自動發電，金起來。

「這喔？這電鍋的內鍋呢，足久以前的矣，大同第一批的喔！」

「大同電鍋第一批？啊是當時的？」

---

74 a-lú-mih：鋁。

「曷知 ?!」

鍋仔的話題，就按呢煞去傷無彩——

「阿母，你有聽過用飛行機的 a-lú-mih 做的鼎無？」

「有啊。」

「有影 ?!」

「咱兜較早就有一口矣……」

「你呔知影彼用飛行機的 a-lú-mih 做的？」

「啊人講彼種鼎仔就是用飛行機的翼仔做的矣。」

「飛行機的翼仔？」

「Hènn nòo，彼鼎仔蓋輕，毋過蓋勇喔，我是有一擺炊甜粿，炊一下水予焦去毋知，結果，冷水一濫落去爾，鼎仔 tsuánn 隨必去，破一大空，袂補得矣，無彩甲……」

想袂到，阮兜較早嘛有飛行機的 a-lú-mih 做的彼款鼎，但是就毋知是毋是阿亮個阿公做的矣。

「阿母阿母，啊彼款鼎仔咱兜閣有無？」

阿母予我問甲有點仔無耐性：「無矣啦！早就萬代去矣啦！」

哇！「萬代」兩字用了讚！比「百年」較久長。

咱人過身，也不過是「百年」爾爾呢。

2006.06.03 花埕照日，2023.01 修

六樓的阿伯
Lȧk-lâu ê a-peh

電梯門欲關矣，雄雄一个阿伯對門縫攄入來。

電梯內干焦我一个：又閣拄著矣！──規身軀薰味的怪老子阿伯！

頭一擺佮伊仝電梯，袂通風的空間全薰味，一領白色的 su-pú-lìn-guh[75]，疊一領淺色的長手裼仔外套，猶未看著伊彼雙 su-lí-pah[76]，就發見伊半枝薰挾佇指頭仔縫閣咧出煙。穩當掠準伊手略仔藏尻川後，人無看見彼支薰，全電梯的薰味就佮伊無底代。

「你食薰喔 ?!」我真袂爽。

---

75 su-pú-lìn-guh：汗衫。

76 su-lí-pah：拖鞋。

「Hiàu，食兩喙仔……」伊本底無攬無拈倚門邊角仔，可能想袂到有人會佮伊講話，若上課盹龜去予先生共叫起來問問題，做一下精神。

「電梯內底袂當食薰，人遮有寫，你無看著？」阮的電梯三面攏鏡，其中一面有一格一格透明 a-khú-lih，A4 影印紙的告示直接插入去，清氣，清楚，告示牌邊仔特別加貼一張字條仔，用粗的油性烏筆寫：電梯內袂使食薰。

「敢有？……食兩喙仔，無要啦……」我看伊，年歲的關係，目睭皮冗冗，白仁濁濁──毋但按呢，連講話嘛中氣無力。

一樓到矣，無按算欲讓伊先行，做我家己出電梯，越頭罵伊一句「無道德！」，行猶未到大門，才智覺應該愛罵「歹規矩！」較著，較合阮阿媽彼个年代罵人的氣口。

＊＊

久久一擺拄著這位怪老子阿伯，我猶毋捌向警衛探聽伊蹛幾樓。一半擺仔電梯空空有薰味，我知一定又閣是伊；一半擺仔看伊坐佇中庭的花壇墘食薰，一个人神神毋知咧想啥。伊就是按呢，一位永遠的「狀況外」先生。毋管人公

共的規矩，並毋是伊狡怪性刁故意，抑是龜毛老孤𣮈，應該是伊心內的世界佮人無全次元，可能是一个予時鐘扤著的老人。跤手也無無方便，行路攏用趄的，寬寬仔趄，勻聊仔趄，那趄那食薰，那食薰那咧夢遊。

頂頂禮拜，伊規身軀薰味入來電梯，頭戴一頂帽仔，我問伊欲起去幾樓，共鬥揤，才知伊蹛六樓。

彼擺伊手裡無薰，但是提兩三本冊。伊是入電梯的時那掀冊，那差一點仔予門挾著，袂輸一个險險仔吊車尾的學生，佳哉赴著車幫，煞碰著歹面腔的車掌——我看伊掀的冊，是日文的佛經，第一逝寫「日興上人……」

「阿伯你信日蓮教喔？」

「Hái！」隨落幾若句有精神的日語，忽然間像傀儡尪仔的線有人摸起來——

「我袂曉日語啦！」

阿伯的目睭皮裀會開呢，烏仁無蓋大粒，表面略仔霧霧，像彼猶牢一寡龍眼肉的龍眼子。伊對彼逝「日興上人」開始欲唸予我聽，六樓就到矣，我雄雄才想著，緊問伊：

「阿伯，你讀日本冊的乎？」

「我做日本兵的咧！」果然無錯，規欸好好。

「有影？佇佗做？」

「我第一批的，去日本做日本兵……」

伊蹛六樓，基隆人，去做日本兵，我干焦知影遮濟。電梯門開 -- 開，擋佇遐話一時仔，伊掀開另外一本冊，日文版的《妙法蓮華經》，話頭開始欲長矣的款，問我欲去佗兜坐無，問我蹛幾樓。

另日啦，另日，我蹛十二樓，出出入入相拄會著。

＊＊

暗頭仔，對台北轉來，細台公車人滇滇滇，雨水落袂離。

落車，雨傘襇開，細膩過車路，先來去巷仔口角間的 OK 利便店。三、四坎的梯跍起去，有日光燈的店口亭仔跤，雨傘一下收，「怪老子阿伯」竟然坐佇架仔邊咧食薰。

「阿伯！足久無看見喔！」

伊薰食甲一半，回魂，攑頭看是啥人咧共叫。

「諱，你喔，你嘛遐久無看見……」

「我轉去下港個半月。」

「下港佗？」

「屏東。」

「Heitou，Heitou 就是屏東。」

伊薰閣有一節仔，我先入去買物件。提一盒紅茶，小踅一下，結數出來，伊薰賰無幾喙。

「你敢有欲買物件？」

「有啊，有，」

彼滴仔薰佇伊跤底化[77]去，對本成坐若跕的姿勢，寬寬仔倚起來，雨鬖噴甲亭仔跤半爿澹。

「我欲買一包餅仔拜佛祖，愛素食的。」

我朓伊入去店裡，共伊鬥揣，最後揀一包有標示「可素食」的海菜玄米餅，說明攏寫日文的。

落雨答滴，阿伯行路足慢、足慢，伊講伊去板橋查某囝蹛。

「板橋，itabashi，聽有無？板橋叫做 itabashi。」

「阿伯，雨足大的，會沃澹去，你嘛共你的雨傘裼開好無？」

打馬膠路略仔有積水，老大人跤蹄攑袂懸，一步無才調

---

77 化 hua：熄。

拖幾寸，行著足慢、足慢。

我問伊做兵的代誌，伊講你閣會記得喔，我問伊做啥物兵，伊講伊佇千葉縣顧倉庫。

「Chiba，千葉縣，知影無？」

對巷仔口到社區大門，閣跍半樓懸到中庭，經過管理中心，托到阮彼棟樓跤，規路澹涔涔，「兩支雨傘標」若兩隻露螺。

伊講伊佮後生新婦踮，新婦是大陸仔，桂林的。

「桂林的 ?! 一定生了足嬌喔！」

「曷有？無影，……生活有嬌，毋才是嬌。」

生活有嬌，毋才是嬌。人食老，生活的嬌佮穩，毋知敢有彼个福氣由在家己。

這擺，我送伊到個厝門跤口，門一下開，後生坐佇客廳咧看電視，桂林來的新婦，可能佇內底咧無閒。

雨毋知落到底時才甘願停，基隆出身的港都男兒應該誠慣勢。

落雨暝的大樓，家家戶戶窗仔光光，若一格一格關寵物的櫳仔，我倒轉去蟳佇我彼格，嘛共電火點著，緊開除濕

機，人袂堪得上殕生菇去。

2007.04.11 花埕照日，2023.01 修

上淡水往事追憶[78]
Siōng-tām-suí óng-sū tui-ik

1

二〇〇五年熱天,我變成無頭路人,免閣逐工拚台北,來回奔波,加真濟時間通踮佇淡水。

真拄好,厝附近一間早餐店換頭家,欠跤手欲揣人,這款干焦一晡的工,上適合彼時的我,隨去共允看覓。原來,頭家娘是厝主本人,厝跤無愛做矣盤伊,伊拍算家己扞煎台有法得,閣倩一个助手算點鐘的就好,逐早起五點半到位,中畫才看情形,無閒到收店煞準算。

彼幾年我已經對水源街的學生區,搬去新民街的一般徛家,稅佇彼款新起的社區大樓,朋友的朋友買的厝,厝主

---

78 篇名借自故里故人 李國銘(1964-2002)的〈下淡水往事追憶〉。

為愛走天涯，欲去遙遠的海外起家，放這間婿厝佇淡水誠毋甘。伊買佇十二樓，三房兩廳，我稅落來了後，共有佮浴間便所的主人房閣再租出去，揣人做厝跤鬥分伻。厝主一塊食飯桌，客廳規組膨椅，閣掛涼台埕的圓桌佮躼椅，也攏總賣我，便便一个「家」的款式隨成樣，免閣費心蓄東蓄西。流浪到淡水十五冬，總算會當佮「寮」的時代告辭，過一个有家己的客廳佮灶跤的徛「家」生活。

　　日時誠光通的客廳，門仔窗[79]挩--開，涼台一細塊，壁跤一欉栽佇坩仔的雞卵花，嘛是厝主留的，塗肉無夠，樹身有較瘦索。坐佇圓桌邊的半躼椅，頭前面拄好向觀音山、淡水河，龍虎爿一爿一棟懸樓閘著，攏全社區的大樓，佳哉兩棟中央闊有夠寬闊，敢若中堂掛一大幅樑仔：橫向的觀音山佮淡水河光景，予兩棟樓裁做直垂的畫軸，樓仔厝準山水畫的裱褙紙，嘛是無穩。

　　若是想欲「看較開咧」，電梯到十四樓閣距一層樓梯，安全門挕--開，一縫海風隨濞入來，搧一下頭鬃若痟婆。

79「落地窗」的個人發明詞。

有聽講別个社區的警衛，監視螢幕若發覺一个查某人起去
佇樓尾頂，攏會誠骨力綴起來共人關心，佳哉阮社區猶無到
遮周到的服務。無人的樓尾頂上蓋讚，觀音山全身坦倒會當
自在，淡水河出海口開開開，看現現。天氣好甲毋是款的日
子，風大大陣鬮無停，起湧若海的魚鱗，閣像藍寶石歌星旗
袍紩的亮片，反射日頭光爍啊爍。天無皺無痕清氣湛湛，催
到盡磅的海，海佮天的敧逝，海平線一巡明明明。

　　就佇彼个時，有一支猶未發表的紀錄片，聽講名就號做
《綠的海平線》，導演寫的腳本口白欲愛翻譯做台語，按算
邀請林強配音。朋友替人佇國外的導演來揣我——哪會遮拄
好的《綠的海平線》，我想，穩當樓尾頂的海平線看了久，
有感應，真正來相揣，是講，哪會有人的影片，口白欲用台
語？咱這馬感覺彼曷無啥的選擇，佇彼个時是無啥人會按呢
想。

　　《綠的海平線》的內容，記錄一陣日本時代的台灣少年
工。自一九四三年，日本政府陸陸續續對台灣招考八千外
名少年工，個掠準是欲去日本半工讀，去到地才知苦，先佇
中心受基本訓練，要求非常嚴格，尾手分派去各地飛行機工
場，投入戰鬥機的生產線，工課硬篤忝頭，冊根本無通讀，

戰爭愈來愈激烈，逐工無瞑無日做甲烏天暗地。

　　目一下瞇，當年戇膽勇旺的少年家，逐家攏頭毛喙鬚白、七十外外外的阿伯矣。片名《綠的海平線》，聽講是導演訪問過的阿伯內底，幾若位攏提起全一幕印象誠深：當船對基隆港出海的時，第一擺離開台灣的佃，心情激動，忍不住掠船尾方向金金看，予白湧愈捒愈遠去、日頭跤青綠綠的台灣島，那來那低、那低、那低……低甲沬入海水，賰薄薄仔一巡，到落尾完全無看見，共南方的洋面染出一逝綠色的海平線。

2

　　《綠的海平線》導演郭亮吟，朋友攏叫伊阿亮，見擺看著阿亮香雞排的擔，我就想著伊。阿亮減我無幾歲，阮通算是全沿的，《綠的海平線》是伊第二支片，伊的第一部作品《尋找 1946 消失的日本飛機》（二〇〇二年）是翁佃阿公的故事。

　　二次大戰結束隔轉年，阿亮的阿公買著一批飛行機的a-lú-mih，是國民政府對宜蘭南機場接收的日本戰鬥機。宜蘭南機場是太平洋戰爭拍起來趕緊起的，動員誠濟台灣人做

公工，好好的田地變機場，無偌久變成神風特攻隊的基地，平均十七歲仔的飛行機士，飛行機順跑道駛出去，向龜山島方向衝懸，飛出蘭陽平洋，大海茫茫，就無閣再倒轉來。日本戰敗了後，sa-bí-sí 的南機場猶停欲幾若十隻飛行機，有的閣攏新擦擦。

　　阿亮個阿公共人買的，是人去標著的、報廢的飛行機，阿公親身對台北焦工人到宜蘭，踮南機場現處理，規大堆刣肉了後的 a-lú-mih 鈑，攏著先靠人工鏨斷剁碎，規批廢料才有法度配火車，運到台北華山車頭落貨，才倩 lî-á-khak 車轉去厝，個阿公就自這批對日本飛行機拆落來的 a-lú-mih 做原料，鑄鍋仔去賣。「a-lú-mih」的台灣話叫「輕銀」，「輕」是伊的特性。我細漢猶真捷聽著「輕銀仔」，「彼个 suí-tóo 輕銀仔的，蓋勇！」彼時的「勇」是佮塑膠製的比。拄上市的輕銀鍋仔是佮銑鍋比，輕銀鍋仔厚罔厚，加真輕嘛加真勇。戰後的台灣閣較歹過日，人家逐工總是著煮三頓，一坩實用的鍋仔鼎真要緊，郭家的輕銀鍋仔拄好著時，銷路有敨，家業對這項產品來起基興旺。

　　透過一支紀錄片，欲走揣一九四六年宜蘭南機場無 -- 去的日本飛行機——到底總共有幾台？那會遐緊就報廢？拋荒

的機場賭跑道一節仔，閣會當揣著啥？

　　阿亮佮我，攏是學校無教台灣史的時代大漢的。我升高二的歇熱，台灣才解嚴，九〇年代的大學校園猶閣有職業學生，不而過若欲組讀冊會、欲讀啥物冊，是已經有自由矣。一个大學生佇大學以前的人生目標，就是欲考大學爾，可比好好一雙會行會走的跤，去學校予老師共跤盤拗折，跤帛纏了摧閣再摧，縛甲一雙跤變形細細瓣，穿會落「大學」這雙有通共別人展的繡花鞋，望欲後日仔出社會做娘毋免做嫺。求學的目的毋是求真知，睏無夠飽眠的精神攏用對記標準答案。啥物冊會當讀，讀啥物冊有危險，啥物款學生是模範，一雙看袂著的目睭隨時咧拍分數。

　　等到有讀冊的自由彼時，無一定就有讀冊的胃口；有彼个胃口佮喙斗，嘛著愛有夠額的糧食。台灣文史的冊，一本一本出版，無網路的時代，除了圖書館借，就是愛靠踅冊店，水源街淡江邊仔門對面的知書房，是彼幾年我揣食的灶跤。生活費用家己趁，買冊有手無人會唸。暗時誠交易的水源街，有時會有專門排「匪書」出來賣的冊擔，電火泡仔下底一塊簡體字的孤島，無人會閣因為沐著遐的冊，夆送去火燒島。

少年人會當無禁無忌去走揣過去，有通一台錄影機揹咧四界去翕，台灣社會開放俗攝影器材演進，到阮二十幾歲仔彼時，才有這款都合。佇紀錄片內底，阿亮個阿公精神袂䆀，毋過身體無甲偌好矣，半驅倒坐眠床頂愛有人顧。阿亮就俗我全沿的台北囡仔全款，台語無啥輾轉，俗阿公講話會抝抝。影像和聲音是保存落來矣，卻是話語已經裂線綴，若無緊補綴，是愈裂愈大空——阮這代閣「抝抝」爾，到阮的下一代，甚至完全聽無老輩講的話。個對過去的了解，全靠加工過的罐頭，干焦會當按華文的語境去思想家己的祖先，無才調家己款新鮮第一手的料，攏愛吞人哺過閣吐出來的刺酸麋。

宜蘭南機場無--去的日本飛行機，當初時是按怎有的？《綠的海平線》裡彼陣造飛行機的少年工，就是對一九四六年挽瓜攣藤，閣走揣起去的答案。拍第一支片的時，阿亮真強烈感受著家己台語能力不足；第二支片的時，見擺欲採訪進前，攏真拚勢共欲問的問題練習用台語講。片中客語的部分，有朋友少騅支援，真在；原住民語彼幾段，採訪過程碰著袂少諏古代；顛倒是日語採訪日本人，因為製片之一是日本人，閣有台灣史的智識，誠明顯，就掠會著真濟細

節。

千金買無早若知。阿亮的遺憾之一，當年應該愛做台文字幕，一千塊的 DVD 若是有台文字幕通選，勢面會真無仝款。這點，當年我是無想著。《綠的海平線》捌佇新加坡歷史館播出，新加坡是禁止「方言」的國家，歷史館館長真有擔當，講若犯法伊負責。放一支紀錄片也會違法，「方言」是罪──割舌地獄的眾生，就算趁較有食，敢食有滋味？

3

「十時，舟發基隆，漸行漸遠，直望至岸上人影已看不見，惟見青山一髮，煙樹濛瀧，俱含有無限惜別之意焉。」
　　　　　　　　　──1927.5.15 林獻堂《環球遊記》

我佇淡水十四樓看著的海平線，無基隆港外回望的「青山一髮」；我有通坐船離開、斡頭看家已徛起的所在，上加是搭渡船過八里，對彼爿岸看過來爾。彼款暫時走脫，生活中一時仔的敨放，猶無夠佮家已相恬走迌浪漫，因為走了無夠遠。外地的朋友來淡水相揣，恬個過八里蹓蹓咧，有坐著船總是較稀罕，可比到打狗遊覽著愛去旗後全款。一幫

船過港，尻川坐猶未燒連鞭到位，迌迌半晡就轉來，不止仔合「小暫渡／度」這个詞，雖然人本意是暫時小度一下仔時機，毋是咱這渡船小坐一下去樂跎。此岸、彼岸，一半擺仔「小暫渡」去倒，佮少年工阿伯當年離鄉的心境天差咧地。

　　阿亮對家族史的走揣，予我想起一位熟似的前輩。台大醫學院一百年院慶的時（一九九七年），出版《台大醫學院百年院史（上冊）1897-1945》，作者林吉崇醫師彼年七十歲，林醫師佮個老爸攏是台大醫學院校友，佇伊發心欲完成這部院史進前，就是先對整理家己的家族史起手。

　　會熟似林醫師，嘛是朋友牽成。彼當時伊資料收集到差不多，欲動筆矣，揣量後手著倩人潤稿，拜託阮朋友共介紹。林醫師平素時就有咧寫短文，校友會刊刊過袂少篇，內容攏誠有意思。不而過，伊十八歲進前的「國語」是日語，母語安溪腔的台灣話，華文是戰後才家己硬學的，欲寫一篇華文文章真拚勢，攏著一字一字耐心寬寬仔點。伊是相當優秀的胸格科醫師，人真過謙，不時一个面仔歹勢歹勢，笑家己的華文程度有夠穮。伊捌提起，囡仔去學校讀冊了後轉來會講「國語」，伊佮先生娘的「國語」，會使講攏是綴囡仔學的。

　　走揣家族史，會用得請親人講過去；欲走揣人攏過去矣的院史，主要著靠文獻資料，林醫師若有去日本，就會去國會圖書館。我毋是讀歷史系的，外語嘛頂顢，能力有夠潤華文稿爾，無才調就史料閣深掘。咱心內咧問：是按怎一間一百年的學院，培養咱台灣遐濟優秀的醫生，歷史哪會無人整理？敢無一間院史室？仁愛路中山南路口的醫學院二號館，放伫遐拋荒誠久矣，彼陣才咧重翻，通赴百年院慶。日本時代的校舍拆甲賰彼棟，原底嘛欲拆，按算起會議廳佮資訊中心，是改建經費無編列去延著，才扶著一條命。彼幾年，二號館若一位落薄的老紳士，予人看無，恬恬徛佇路口圍牆內，干焦伊猶會記得三線路溫柔的月色，尾手，靠校友出面走傱佮捐款，死無去閣活過來了後，變成這馬的「醫學人文博物館」，才有一个成樣的範。

　　林醫師一禮拜予我一篇手稿，我轉去拍字兼潤稿，後禮拜交伊，才閣領後一篇。稿紙面頂的原子筆跡，有時會略仔較花，文字遮刜 -- 一句、遐添 -- 一句，拍一个 S 順序對調，抑是拍箍仔框起來，規段換去佗位插……這陣想 -- 來，不止仔懷念這款滾捙過程明明明的手寫稿，毋比電腦時代揤一下 delete 隨無影跡，船過水無痕。佇筆尖頓蹬閣再頓蹬的

紙面，遐的無夠順、無夠拄好的字句，有時是無意識濆出來的「台灣國語」，有時是日文拗袂過來變形去。日語佮台語透濫的味，攏會予我想著熱--人過晝，外口炎天赤日頭，一下入門隨有涼氣的老醫生館，彼內底的 hi-nóo-khih 桌櫃摻藥水味。毋過，佇句佮詞攏修潤正確了後，彼个味就變外省仔氣矣，這是我明白的代誌。

　　逐禮拜交換稿的時間，攏是我出版社下班食暗飽，八點正佇林醫師個兜客廳。林醫師會展開伊的稿紙，共寫的內容詳細講一遍予我聽，無清楚的所在隨問，伊才閣解說，時間若猶有就會加開講，內容無一定。彼時我猶少年，才會下班閣有電。台北捷運咧施工，暗時九點外對忠孝東路三段騎 oo-tóo-bái 轉來淡水，大度路的路燈一葩一葩，有成柑仔汁一杯一杯當頭潑過來。夜風生冷，台北到淡水實在有遠，煞也慣勢慣勢，滿心干焦歡喜有遮爾補的 a-lú-bài-tooh[80]，毋知忝。

80　a-lú-bài-tooh：外快。

4

　　早餐店的工課路誠固定，主要跤手愛緊，人客點啥記性愛好，餐毋通送毋著桌，欲包的毋通包毋著項，錢共人算予著就著。我做文字編輯佮寫稿勢趒勢拖，若有做早頓遐䆀拍就好矣。

　　淡水的透早五點，空氣會澩，五點半去到店裡，鐵門已經捒一節仔起來，內底日光燈一半著，攏拄好頭家娘佇後壁間灶跤燃紅茶。瓦斯爐頂，水一大鍋滾起來，火先禁，營業用的茶葉規大包倒落去，茶色黚 -- 開，芳氣隨敨 -- 出來，一下芳對頭前間來。我那鼻這燒紅茶芳，徛調理台先做 sǎn-tóo-it-tsih[81]：白俗麭免烘，抹我嘛毋知人按怎調的沙拉醬，麭疊四塊篏三種料，花瓜仔片、肉酥、há-muh、卵，看口味。麭鋸仔掠對角鋸 -- 開，分做兩份三角型，細膩囊入去專用的塑膠橐仔，橐仔喙愛收了會擎紮，才貼 theh-puh，完成一份好食款的 sǎn-tóo-it-tsih，排櫃檯上頭前位，通予趕時間的人客紲手紮咧走。

81　sǎn-tóo-it-tsih：三明治。

　　店口就一支公車站牌，兩線道的路無闊，走這條線的攏細台 bá-suh，若有大台遊覽車趒入來，佇退咧夗踅頭，彼毋是行毋著路，是私立中學外包的交通車。阮這角勢，學校對幼稚園到大學齊備，佇遮學生仔欲做透流，二十年一貫無問題。早起時一車過一車的學生落車，袂輪專工共阮載人客來，店頭生理袂甲偌穩，毋知按怎頂一手毋閣做。這馬這个頭家娘，店面家己的，徛家佇頂一支站牌邊的公寓二樓。阮較熟了後伊捌講，伊閣有一間透天的，佇欲去沙崙的路邊，彼棟予個後生。其實閣有，有人共我偷講：佇阮這附近，阮彼頭家娘有十幾間套房咧稅學生。

　　彼个年代的淡水，風聲攏嘛按呢。讀大學彼幾年，日時我佇一間食堂洗菜洗碗兼走桌，主要做大學生生理的店。店內幾若塊大圓桌，上適合規嚾規黨的學生做伙叫菜，菜燒燒，夠蔫夠鹹誠配會落飯。飯是一桌一跤面桶仔貯出來隨在人添，推到飽為止。店後的灶跤，我洗菜的水槽拄好佇窗仔下，窗外看落去就山跤學府路巷仔內的厝，其他無遮無閘。逐工早起十點，水道頭的水放咧流，日頭斜入來，光曄曄，水槽仔水予曝著一條仔，我當咧汰蘿菜抑是菠薐仔，收音機拄好警廣十點正的台呼：「收聽警廣，掌握方向，就會讓

世界更美好……」，逐工逐工真慣勢。我一直掠準彼歌詞是
「就會讓世界更美好」，三十冬後 google 才發現，hǎnn，是
「讓一讓，世界多美好」啦。少年的時，相信掌握方向就會
予世界閣較美好，共人的「讓一讓」聽耽去，閣攏毋捌懷疑
過。

　　食堂佇水源街，大崎趨落去，路坫拄著仔會出現
一位抾紙坯的阿婆，有時是老阿公。有一回，曲痀的阿
婆戴瓜笠對阮店口過，兩肢手揸一大塊毋知佗位抾的紙
枋，落崎，一步一步寬寬仔徙跤，人向向，到底看有路
無，毋知會跋倒袂。欲倚晝仔，日頭曝著打馬膠路矣，
大學生猶未下課，店家攏咧等開市。阮頭家灶跤料款好
無閒煞，出去店口坐佇伊的機車咧歇涼，拄好阿婆揸紙
枋過，入來講予阮幾个工讀生知：「嘿！恁毋通看彼阿
婆呢，伊蹛下跤土地公廟邊仔彼逝入去，一間破寮仔，
寮仔邊彼幾棟攏個兩个老翁公婆仔的，攏稅學生咧收厝
稅，人個嘛是全款蹛佇破寮仔，閣逐工攏出來抾歹銅舊
錫……」

　　我來到淡水的時，淡江大學的外圍已經攏是學舍，一座
大學府會當共境內的時間鎮壓，路裡行的學子攏袂老，永遠

十八到二十幾歲，佪對台灣各地來遮跕四冬，半年添一擺油香，領著一張證書，曷知敢有學著真本事。出業下山去揣頭路憑各人運氣，無的確就較有保庇。守佇彼條山崙會老的，像扶紙坯的阿婆阿公按呢的，是土地公土地婆的化身，落街無啥人會認得佪。佪以早做甲欲死的田地，這馬攏變厝地矣。淡江大學彼條山崁，原底全坪仔田，佇蔡坤煌醫師的攝影作品裡，佇席德進的水彩畫內底，田岸路的線條一巡一沿有疏有密，水田一泱一湧順山勢起落，咱感覺婧甲目屎強欲輾落來矣，造型、色彩、鄉愁佮遠方，毋捌代誌的目屎較大港。咱袂去想著彼驚死人，逐工巡田懸低崁跖起跖落的工，落肥、濺農藥、佈稻仔機佮割稻仔機轉斡無路欲按怎辦，地盡其利，顧甲遐爾婧的坪仔田，比平地的田洋閣較損腰脊骨、跤頭趺。

作穡袂趁，種厝較贏，分分咧，閣有通致蔭囝孫。卻是，承祖公仔屎的田僑仔，無定著攏好尾後，風聲內底，有人跋筊輸了了，有人阿樂仔碚碚簽，有錢就厚事使。彼會守的，虯儉攏蓋親像；袂守的，一家一个樣。

早餐店的頭家翁捌講起，阮徛的這箍笠仔叫做「赤牛牢」，較早攏是田地，佪兜的田嘛佇遮，細漢閣做有著咧，

伊從出世就赤牛牢的人。莫怪通有地點遐好的店面佮遐濟間套房通稅人，「田僑仔」這个風聲中的詞，咱一下正經挂著本人，有影是無講認袂出來。這聲換我會當共人報：「嘿！恁毋通看彼早餐店的阿姨呢，伊（以下簡省五十字），人嘛是全款蹛舊公寓，逐工透早起來開店，燃紅茶、煎卵餅……」，是講彼當陣我猶無法度確定，伊的店，會開偌久咧？

5

做早餐店的小工進前，我是食出版社的頭路，做的冊攏佮美術有關。有一回看著日本時代台灣美術展覽會的圖錄，烏白的圖版無彩色，一九三六年第十回台展，陳澄波出品的兩件作品之一，畫淡水中學的《岡》，畫面上頂懸正中，是淡水中學八角塔，下片四份三全田園佮樹林，倒片下底角一條大路向畫面正片距崎起去，路裡兩三个人咧行。早餐店的頭家翁講著「赤牛牢」，對我心內召出這幅圖：啊，按呢穩當是，彼个角度看著的園仔地，穩當就是赤牛牢。

來淡水寫生的畫家，攏是畫山畫水畫彼古早厝，陳澄波這件作品無全，無觀音山也無淡水河，八角塔彼當陣起好才

十冬，是新款式的設計。畫面中的田園佮樹林，現此時插插插全樓仔厝。佮阮南部無仝，個直接跳過透天厝，七〇年代就對無電梯的五樓公寓開始種，淡到九〇年代的社區大樓規大片。我問淡水人，四大金剛未起進前，彼塊地有啥物？攏講是糞埽場。糞埽場摒起來遷走矣，敢講就是對遐遷去下圭柔山的海墘？

　　滄海桑田，園仔地、糞埽場攏變大樓，佳哉猶一條仔水利地窮無著，留咧發草，生一寡鹿仔樹、大苓樹，溝仔水潺潺流，毋是人工造作的生態公園，幾隻白翎鷥閣歇有路。我咧臆，陳澄波是對城仔口這向，看對赤牛牢彼爿面，可惜無一九三六年的地圖來印證我的假想。出佇一個赤牛牢新住民無僥疑的直覺，我感覺我佮畫中彼幾身人全款，逐工佇彼逝趨崎，賴賴趖過來閣趖過去，赤牛牢的路草，懸低崎度佮彎度，早就牢佇我的體內。

　　毋比較早，這馬網路足利便，真濟資料攏撈會著，我點入一九二一年的《台灣堡圖》，下底疊現此時的 google 地圖，煞發現阮赤牛稠彼逝路，路的正爿是田地，倒爿竟然有一區「⊥」。

　　「⊥」是墓地。有一擺，我共一位愛看墓的面冊朋友報

阮潮州的第一公墓佇佗位，伊隨去對照堡圖，共我報伊的所在鉸落來寄予我，講較早誠大片喔。我看著「潮洲庄」三字邊仔，上無有十六支「⊥」，頭一擺知影日本時代的地圖是按呢標示墓仔埔。

淡水的第一公墓敢毋是佇鼻仔頭遐？紅樹林閣來竿蓁林，竿蓁林閣來鼻仔頭，欲到淡水矣，公路邊正手爿彼規大山坪就是，清國時代的湖南勇古墓，日本時代淡水有名望的頭人，攏葬佇遐。從到今我毋捌聽人講起，阮赤牛牢古早有墓仔埔。毋過確實，一九二一年的《台灣堡圖》裡，干焦淡水第一公墓的舊址佮赤牛牢這箍圍有「⊥」，面積差不多大，攏八、九支左右的「⊥」。對照現今的 google 地圖，阮這坵「⊥」的上北爿略仔尖尖彼塊地，正是外僑墓園，一九〇一年安歇主懷的馬偕，就佇堡圖的這角仔長眠。

我平素時會踅著的，城仔口的感應大墓公，佮新生街巷仔內的百姓公，個攏佇這區「⊥」上邊仔的所在，西仔墓嘛是。中央遐个「⊥」是當時無去的？十五冬後的一九三六年，日頭跤干焦田園佮樹蔭，應該閣有風，毋知有蟬仔聲無，原仔有幾隻白翎鷥。

陳澄波徛咧畫的這爿，是台灣人的淡水，隔一个赤牛牢

坑，淡水中學八角塔遐叫「埔頂」，是西洋人的淡水。這爿的淡水是媽祖婆、觀音媽'佮清水祖師的世界，彼爿的淡水是耶穌佮上帝的世界。盤過耶穌佮上帝的世界，後壁面是球埔，光景真迷人的台灣第一座 goo-lú-huh 球場，日本皇族若來拍球，台灣囡仔愛路邊排列恭迎，向腰行禮，食個自動車駛過坱蓬蓬的塗粉仔，彼是高級日本人的世界。

　　台灣 goo-lú-huh 俱樂部佇一九三六這年，拄升一位二五歲的淡水少年人起來做 khiá-lih[82] 的組長，佇球埔教日本人拍球，伊就是陳金獅，全沿的陳清水彼時已經提著「關東職業 goo-lú-huh 賽」頭名，一九三七年閣拍到「全日本公開賽」冠軍。個攏是佮球埔相隔界的大庄的人，細漢相招跍起去城岸頂看球場開幕典禮，牽牛食草有時會扶著球。囡仔人家已剉好跤竹做篙仔身，刮相思仔柴削球頭，攑燒燙燙的火箸杳杳仔戮空，球頭鬥入去篙仔身，楔予絚，按呢嘛是一支球箠。三五个囡仔、一粒土菝仔，佇曠闊的草埔頂趁樣，學日本人拍 goo-lú-huh，興 tshih-tshih，歡喜甲──彼是陳澄波的

82　khiá-lih：桿弟。

《岡》後壁，八角塔閣過，球埔彼爿的故事矣。

　　長老教會創校的淡水中學，有家己的辦學精神，佮重
英文佮音樂，無重武道佮軍事訓練，由在學生佇校內外講台
灣話，毋捌咧管。日本人無法度容允這款無咧拥個「國民精
神」、欠「國體」觀念的學校教育。一九三四年的《台灣日
日新報》，一篇淡水中學招生消息的報導，標題〈淡水中學
禁用島語 期徹底施行〉，顯出校方佮官方對拚的結果：「對
時世有自覺，決自新學年度起，欲嚴定學則，絕對禁止使用
台灣語……」。

　　一九三六年六月中，淡水中學不得不讓步，予台北州政
府接管學務，校長換日本人做。一九三四到一九三六年，陳
澄波逐年攏會來淡水寫生，踮佇楊三郎的別莊，佮楊三郎、
陳敬輝出去四界行踏。少壯能幾時，彼時是個上好的歲月，
未來猶袂來，陳澄波挂上冊，楊三郎欲三十，陳敬輝才二
五，是淡水中學的美術先生。彼幾年，陳澄波參加台展的作
品，攏是用幾若個月的時間浸佇淡水，綿爛創作的成果。

　　台展展出的時，陳澄波接受《台灣新民報》訪問，講著
選題材上重要：若會當事先研究、去感應所畫場所的時代精
神，彼个所在的特徵等等，就有作畫的好條件。畫圖若欲講

有啥物利器，就是掠這點出發，落手去畫。彼年的台展，伊就是照這個想法，對淡水取材。

《岡》的八角塔，陳澄波講彼是上後壁的背景，是捌引起問題的淡水中學校舍。彼年伊另外一件入選作品《曲徑》，角度是對埔頂沿龍目井街——現此時的馬偕街行落來，看對干豆門彼方向，淡水禮拜堂的尖塔，佇倒手爿上頂懸角捅頭，「曲徑」蓋成欲迵落去新店尾的瓦厝陣，煞有一逝叉路，狹狹的碣仔跙懸，敢若才是欲往禮拜堂的「曲徑」。彼時，禮拜堂落成啟用才三年，是滬尾街新點點的地標——淡水禮拜堂、淡水中學事件，陳澄波想欲表達的一九三六年的時代精神，主體建築煞攏徛佇遠遠做背景。

6

平常日早起，十點過較無人客的工課縫，頭家娘若心情好，會佮我罔開講。講著過去做 tsŏo 囡仔的時代，伊從畢業就攏踮工場，踮過竹圍仔的電子公司「飛歌」，嫁佮翁了就無食頭路矣，綴伊去工地做塗水。我細漢上愛看起販厝的

工地，順紲扶石仔[83]，彼當陣一四界蓋有通看、蓋有通扶，落
佇塗跤無破的，無全色水的細塊石仔，扶轉去就槖佇牛奶罐
仔，有機會就攂出來展。頭家娘個翁仔某，彼感覺就是我細
漢看的塗水師傅，某佇邊仔篩砂，鬥搜紅毛塗膏，一刐一刐
刐予翁，翁攑抹刀抹壁，專心做塗水師。翁某一台 oo-tóo-
bái 相載來做工，逐工出出入入相隨，我真久毋捌看著彼款
畫面。

　　我知影「飛歌」，一九七二年，飛歌電子廠通風傷穤，
相連紲死五个女作業員，毋知啥物怪病，原來是洗零件的溶
劑有毒。這攏是較早對文字讀來的，當當我正經拄著一个做
小姐的時躘過飛歌的姊仔，煞啥物問題攏無共問，伊嘛毋捌
對我提起彼段，干焦講著個翁逐伊的時騎 oo-tóo-bái，伊攏
穿甲婿婿予載。

　　躘過竹圍仔的「飛歌」，定著是淡水人我想，毋過有一
工，伊煞講伊毋是淡水人，伊細漢躘台北新生北路民族東路
彼搭，個爸爸是專門掠鰻的——「mǎn î」，「tsua mǎn-î」，

83　石仔：磁磚。

「ôo pà-pah hên hué tsua mǎn-î」。明明伊佮個翁攏是講台語，頭一下越，對個囝抑是我，就會隨轉「台灣國語」──「我爸爸很會抓鰻魚」，彼「抓鰻魚」攏會予我想著「抓蠻夷」。

新生北路、民族東路口我知啊，捷運猶未好彼幾年，下班騎 oo-tóo-bái 欲轉來淡水，定會經過遐，頂頭是汽車走的新生高架路，下底一逝全南北向的、毋知偌深的大溝，民族東路對中鑾過，過溝的雙爿橋頭攏一支青紅燈，oo-tóo-bái 騎到大溝頂拄好紅燈的機率真懸。

我共烘箱的俗麭　拈拈扶扶咧，攑箬仔笐予清氣，捘一塊澹布仔連灶台順紲拭，那假無閒，那順頭家娘的話尾，探聽看個爸仔較早鰻攏去到佗位掠。真想袂到，伊應講：就我家門前那條水溝啊──就是新生高架橋跤彼條，新生大排，較早蓋濟鰻魚通掠，「我爸爸都在那裡抓蠻夷」。

彼敢有影是台北？敢若咧講 bàng-gah。我幾若擺佇彼條大溝頂等紅燈，攏希望秒數跳較緊咧，橋跤烏趖趖的大溝毋知偌深，看著恐怖恐怖，原本掠準彼是瑠公圳的圳尾。新生大排對遐閣過就敨入基隆河，聽講較早敨流附近紅蟲蓋厚，白鰻愛食紅蟲，規大葩的淡水河楗，就大溝尾到士林劍潭這段討上有食。暗時的劍潭，當年是台北人釣白鰻的好所在，

對下晡時就開始鬧熱，點心擔排甲三更暝半，電塗燈閣光焱焱。

　　佮人彼做議量的無全，頭家娘個爸仔是職業的，傍一條大溝，佮一手掠鰻的工夫，飼個一家口。可惜伊無加講個爸仔是按怎掠的，「抓蠻夷」有啥物撇步。後來我若閣入台北城，閣拄好佇新生北路民族東路口停紅燈，就特別想欲共下底的大溝看斟酌——彼个跡，對我來講變真無全，是一個有故事的所在。就像便若欲去新店康軒開會，公車過「北新橋」往北新路的時，車窗外的景美溪佇我心內嘛有做號，彼是林吉崇醫師的家族故事。毋過佇遮，我需要先插兩段「北新路」。

7

　　新店的「北新路」是台北往新店；淡水嘛有一逝「北新路」，彼「北新」是欲迵三芝「北新庄仔」。

　　無固定的頭路了後，擋年外，揣著全社區的套房，退掉彼間有食飯桌的「家」。共管委會借一台揀車仔，一逝一逝家己沓沓仔搬，上尾賰三件小可大型的家具：翼仔會當合起來的尾蝶仔型食飯桌、為著告別弓塑膠布的達新牌衣櫥買的

IKEA thàng-suh[84]、接收後山的樓友有夠勇的白色電視櫃，真感激學弟黃小傲來鬥搬。猶有一台，前男友佇公司尾牙摸彩抽著的烘衣機，傷大台園無路，規氣送予瓦窯坑。林生祥開車苓 Khián（大竹研）來鬥搬，驚 -- 人，這兩雙彈吉他的神手，萬不二佇搬我的烘衣機的時有一个無拄好，咱哪擔當會起？看個兩人佮烘衣機做伙楔入去電梯內，落樓，合力搬上車，載轉去瓦窯坑——烘衣機若有知，應該會感覺真光榮。

人生到遮，更上一層樓，套房是佇十三樓，一面窗仔向東，風景的角度規个反爿過來，像錄音帶 A 面唱了，抽出來，換 B 面插落去，關予好，閣捽一擺 PLAY。

房間唯一的玻璃窗，逐早起食大屯山出來的日頭光，洗好的澹衫挍予焦，晾起來，曝會著早起的日，希望正能量會較懸。我定會想著遐的蹛套房有歲的查某人：T 的老母佮個老爸離緣進前，就已經出去揣著工課，佇麵擔仔沐油湯鬥跤手，才閣佇彼附近租一間套房，房間空櫳櫳干焦一頂眠床，是有通睏佮洗身軀的所在爾。我佇英專路佮清水街，攏拄過

一个人排擔的姊仔，共我講個就稅佇邊仔抑是對面的樓頂，逐工目睭擘金就是出來趁錢。朋友 H 想欲離婚，翁毋願，早就搬出來家己蹛，徙岫徙幾若位，伊攏揣彼款會當做創作的舊厝，士林抑是北投的山跤，淡水傷遠啦。H 講伊搬出來的第一暝，倒佇眠床頂，歡喜甲：「啊！總算會當家己一个人睏矣！」彼時的我，猶體會袂著彼聲讚歎的可貴。見擺 H 好意吩咐我有閒愛加減仔去看厝，我攏笑笑仔應一聲，喔，好。閣有 Y，嘛是搬出去一段時間了才簽字的，Y 彼間套房是家己的名。

　　個攏是囡仔成年矣，進入人講的「空岫期」才放孤飛的查某人。「岫」有空無，實在袂當用囡仔佇厝無來定義，囡仔攏飛出去，岫哪有空，都閣一个相欠債的人咧相對看。感情好的老翁某毋是無，猶有氣力不時咧氣惱的可能閣較濟。咱的頂一代，萬項愛人款便便的查埔人，真歹奉待，分袂清為翁為囝抑是咧為家己的查某人，嘛予人壓力真大。厝殼內陳年的冷空氣，抑是週期性的火藥味，逐口灶病症無全。無想欲閣忍耐，有條件會當免閣忍耐的人，走脫出來徛蹛外位，總算會當家己一个人睏，彼就有影是「空岫」。

　　大樓的套房，家己一粒星球，予萬有引力安佇山城河鎮

半空中，繁華燈海裡的一葩火，LED 燈猶未時行，燈光的
色溫是溫暖的，欲講孤晃毋孤晃，彼是賞夜景的人想傷濟。
我無想欲去上正常班做正常人，嘛無真強的創作企圖心，
有演出就去，有零星工就做，散趁度活，部落格想欲寫就
寫，純然寫歡喜的。有真濟家己的時間第一好。英國的作家
Woolf 講一个查某人若欲寫小說，一定愛有錢佮一間家己的
房間。我並無寫小說的欲望，嘛無一个逐年會當予我五百英
鎊遺產的好額阿姑；我有一間家己的房間，毋過逐個月愛繳
厝稅。人是英雄錢是膽，無想欲借錢抑是騙錢來壯膽，英雄
就予別人去做。

　　對我房間的窗仔看出去，就是北新庄仔彼方向的山，山
型誠溫良，看袂出是性地佗一工閣會夯起來的火山。進前蹛
三房兩廳的「家」，蓄蓄一堆碗盤杯仔，真好客；搬到套房
了後，逐項物攏干焦留一份，無愛閣歹習慣，攏先去想著別
人。朋友來淡水相揣，直接約有河 book，遐差不多是我的
客廳。套房人生就按呢繼續，看會當擋到底時。彼个時都合
拄好，熟似一位資深的旅北同鄉，就蹛北新庄仔彼幾粒山的
其中一粒，踮佇家己的空岫，佮我全款有家己的時間。因為
按呢，「北新路」變成我三不五時咧往回的路逝，台語講的

「路草」蓋熟，有影袂輸沿路逐枝草都熟。

　　北新庄人有飼一隻狗，牛屎色的短毛，從細家隻仔分來飼，已經大隻矣閣真囡仔性。黃狗的阿母就蹛落崎另外一條橫街，規社區的狗牽牽咧，敢若攏親情五十六十。我佮意狗，毋驚狗，但是自來毋捌家己飼過。北新庄人逐工照起工飼狗，煞真罕得伸手去共挲頭——狗主人無咧摸家己的狗，對我來講真不可思議。

　　北新庄人有時會轉去故鄉 -- 幾工，狗就換我逐下晡騎 oo-tóo-bái 去共飼，黃昏的北新路，頭前面是彼陣恬定的山，尻脊後愈來愈遠的是齷齪的市鎮，佇山遐好親像有咱的歸宿，有影若閣直直去是有北海福座。大溪橋過，叉路彎入去社區，黃狗一下聽著我 oo-tóo-bái 咧衝崎，欲到巷仔頭的車聲，就會歡喜甲若囡仔，對巷仔尾那跳那走衝過來，吐舌喘怦怦，圓輾輾的目睭金金共我看，欲討摸、討食，狗尾擽咧、擽咧，規个面是無邪的天真。我頭一擺想起細漢阮阿爸的 oo-tóo-bái，逐工欲暗仔對田裡轉來，出現佇巷仔口彼時，阮遮的囡仔的心情。

　　若是坐公車去，黃狗會陪我落山，送我到站牌仔，佮我做伙等車。伊是自由狗，平常時無咧共縛，在伊佇山莊走拋

拋，綴伊的狗友遛遛去，實在袂當嫌伊袂顧厝，伊就親像部
落的囡仔，規个部落攏是伊的厝。山莊的廟仔口一陣狗，伊
定去佇遐佮人鬥鬧熱，食飯時間才知轉來，若當咧綴狗母的
時就毋知枵矣，規禮拜無轉來都有。

　　四十歲生日彼工，拄好北新庄人嘛無佇咧，我家己恖
狗出門散步，空山不見人，規窩山坑仔攏阮的。新曆一月，
櫻花猶未開，木蓮嘛猶未開，無外人來齷嘈，樹葉落了了的
枯枝等欲發新穎，山閣咧睏冬當落眠。彼時我手機仔猶未變
巧，無通上網查地圖，路咧行全憑感覺。我佮黃狗一直往山
尾頂起去，有路行到無路，來到一條掣流的溪，緣溪行，忘
路之遠近，溪垃誠狹，石頭攏上青苔，未到源頭就聽見水聲
tshā-tshā 哮，一港泉水大大港，對林仔內沖落來，水質清清
清。溪邊一塊石牌有刻字：「楓樹湖圳 0K+000」，原來是圳
頭水口。行到水窮處，圳頭邊一間石頭厝仔，門窗關牢牢，
但聞人語響，傳出略仔有雜訊的 la-jí-iooh 聲，放送的是客
家話。

8

　　台灣第一位醫學博士杜聰明，就是「淡水北新庄仔車埕

百力憂腳」的人。當年，林吉崇醫師借我《杜聰明回憶錄》，看我有興趣，冊自按呢送我。回憶錄內容頭五十頁，杜先生的山頂囡仔時代，地理空間對北新庄仔到滬尾街，佮我行踏的範圍完全相疊。

　　杜聰明做囡仔的時，山頂猶有土匪，土匪對抗日本仔，欠所費嘛是著出來搶民家，綁票攏相準阿舍囝，錢提無就刣囡仔掛數。山頂人人心不安，規家族仔暗時毋敢踮厝睏，攏覕去厝後竹林仔跤過暝，杜聰明猶有印象，規暝予阿母偝咧，覆佇尻脊骿驚甲睏袂去，等天拆箬，逐家才敢轉去厝。為著走土匪，杜家遷來滬尾街裡借蹛半冬，山頂平靜了後才閣搬轉去。

　　六歲囡仔杜聰明看著的滬尾街，是一个繁華的港口，海面時常有帆船，長山船載來誠濟瓷仔碗盤，街路有上岸遊覽的船員。火船大隻細隻來來去去，有箍台灣本島各港口的，也有專走外洋的，逐禮拜往廈門、汕頭、香港。離個住宅無偌遠的對面，就是龍目井街馬偕的醫館，後壁面有教會的義學書房，伊的大兄是偕牧師聘請的教學先生，所以伊有時會去書房佮偕醫館迌迌，佮鬍鬚的馬偕牧師有熟似，看過伊診療病人的狀況。

　　搬轉去山頂了後，伊九歲開始綴大兄讀漢文，十歲老爸過身，十一歲決心欲入滬尾公學校讀日本書，才閣來街裡寄宿。生張誠細粒子的囡仔兄，一條頭鬃尾仔猶留咧，滬尾離車埕十公里遠，一逝路愛行兩點半鐘，公學校六年，學期中逐禮拜六攏行路轉去看老母，禮拜下晡才閣行轉來滬尾。彼十公里路，就是這馬的北新路，對淡水國小往三芝，咧欲到興華國小矣。

　　我淡水徛遏濟年，真見笑，彼逝路會騎車、坐車，就是毋捌雙跤行透逝。咱佇路裡，真少看著囡仔人家己行路，按台灣現在的交通狀況，欲予囡仔行路去學校，毋知幾個父母會放心。捌有幾年，我佇淡水教會兼作文班老師，一个小學三年的查某囡仔定家己行路來上課，個性真獨立，全班另外一个查某囡仔一下聽著，反應誠激動，手伸長長指彼个同學，越頭對家己的阿母半囃半司奶：「媽媽她好幸福！她好幸福……」一个逐工阿母載出載入的囡仔，遐爾欣羨會當家己行路的囡仔；毋過我無確定，家己行路的囡仔，敢會顛倒希望有阿母陪伴？

　　滬尾公學校畢業，杜聰明考牢醫學校，佮賴和全班，三年級歇寒，賴和想欲行路轉去彰化，願意做陣行的朋友就是

杜聰明。

年暇由台北徒步歸家，途中計費五日，初由三角湧沿近山村落至頭份，乃折向中港，遵海而行，山嵐海氣，殊可追念。

〈旅伴〉　　　　賴和

思向風塵試筋力，火車不坐自徒行。吃苦本來愚者少，相隨難得有聰明。

有火車通坐的一九一二年，兩位十九、二十的醫學生，煞想欲對台北行到彰化，這五工的經歷，賴和有二十二首漢詩為記，頭一首就是寫旅伴杜聰明。

杜聰明的跤力，穩當公學校時代一逝過一逝的「徒步歸家」行出來的，才有彼款把握綴賴和行轉去彰化。杜聰明的「徒步歸家」，對滬尾到百力戞腳祖厝這十公里路，空氣新鮮，山景秀麗，佇我扙來淡水的九〇年代猶感受會著，這馬無全矣，若到春天賞櫻花、清明培墓買草仔粿，就會大窒車。

　　彼逝路較早生做啥款？佇杜聰明的查某囝細漢綴老爸「徒步歸家」的記憶裡，長長的山路攏咧跙崎，目睭看過去全水田佮茶園，路邊有厝蓋崁草的人家，閣有規排的楓仔，逐欉攏相當有歷史，清朝猶未來就有的。一欉老楓仔佇大溪橋、楓樹湖附近，應該有超過五百歲，足足三、四十公尺懸，樹身愛三个大人才尋會起來。個規家伙仔對淡水行到遐，會佇楓樹下歇跤，邊仔有麵店仔通食點心，米粉湯的湯頭用大骨炕的，真好味素。

　　「大溪橋」的「大溪」，是淡水佮三芝的隔界，大溪的頂頭一爿是楓樹湖，一爿就是車埕。我踅過遐的山路，毋捌發現有五百外歲的老楓仔，oo-tóo-bái 對滬尾一路騎來，嘛無半欉「相當有歷史」的楓仔。干焦睹文字紀念的楓仔，是底時予人處決的？遐的楓仔，應該是自然生自然長，若有規排，也有可能是淡水的原住民種的。無遐的老楓仔，淡水的秋冬欠一色沉沉的紅；成樣的老欉無夠濟，規个自然環境攏無一位有靜肅的老款，通予咱浸入去共心坐清。

　　杜聰明追憶母親的一首漢詩〈淡水大溪楓樹林〉：「兒時隨母過楓林　六十星霜又再尋　樹靜風吹親不見　枯枝落葉繫情深」。楓樹林的風一陣一陣，吹著彼風，數念至親，

讀冊人總是會想著「樹欲靜而風不止，子欲養而親不待」。平平一陣風，咱在來的俗語攏講「爸母疼囝長流水，囝想爸母樹尾風」，這話是爸母的角度：囝兒若有想著爸母，嘛是敢若風捋過樹尾，有一陣無一陣。做父母的人實在毋通遮愛比較，連「疼」佮「想」也欲佮囡仔比長短。大自然才無咧管待咱，樹尾風一陣一陣，沙～沙～沙～，生翼的楓仔子才飛會遠。

海拔三百六左右的「淡水北新庄仔車埕百力憂腳」，熱人就算出大日，林仔跤有樹蔭攏真涼清，杜聰明的故居，賰下半堵人字扯的石牆，滿山蟬仔吱咧吱咧吼無停，閣透濫幾若種別位真少聽著的蟲仔聲，大屯山區的熱天攏是按呢，又閣清靜、又閣鬧熱。有一个詞是我後來才學著的，叫「搖籃血跡」。渥著血的搖籃，敢毋是誠驚人的畫面，想袂到伊的詞意是「出世的所在」。有影，咱人攏是對老母的血水來出世，攏有一位落塗的血跡地，《台日大辭典》特別括號註明一字「泉」，是泉州人的詞。久年失修的石牆，青草對敆縫竄出來，渶甲鬍嘎嘎，掩過杜聰明先生的搖籃血跡。

杜家對泉州府同安縣過台灣，傳到杜聰明第五代，阿公對五股坑遷來北新庄仔。頭起先共人借錢買百力憂腳一塊

山林來經營，尾手閣佇後山（竹仔湖）蓄一塊，大伯、二伯
去遐燒火炭，交予三伯佮杜先生的老爸擔去滬尾街賣。全彼
逝北新路，兩兄弟細細漢仔，擔火炭佇路裡行，對遠遠干焦
看著棕蓑咧徙動。一逝工，上加擔二三十斤，賣的錢猶換無
一斗米。後來靠做山、種茶，清明、穀雨這氣的春仔茶價數
好，逐冬芋仔、番薯嘛誠有收，錢有通長，勤儉粒積寬寬仔
富起來。

　　林吉崇醫師的老爸佮杜聰明先生，是醫學校前後屆校
友，按家族故事看來，個攏是家業有底蒂的子弟閣讀有冊，
嘛攏有受著淡水港佮台灣茶的致蔭。

9

　　艋舺起龍山寺彼年（乾隆三年，一七三八年），林吉崇
醫師的祖先佮族親相毛，對泉州府安溪縣出外，坐大帆船過
淡水——大船過海，敢毋是「過鹹水」？「過鹹水」的「過」，
全「過火」的「過」，彼水火是愛共「過」過去的；「過淡水」
的「過」無全，是像「過番」、「過台灣」，咱人欲過去到
彼个所在。

　　安溪縣佇泉州港的晉江誠入去，到欲溪頭的內山所在，

對外交通水路較利便，安溪人勢種茶，茶葉欲銷外位主要靠船，袂少人靠舢舨仔生活，林家佇安溪就是做這途。過淡水了後，先暫蹛艋舺，才遷對現此時公館附近的十五份，嘛是對舢舨仔起手。彼時猶未有「台北」這個名，「淡水」是闊莽莽的「淡水廳」，唐山船對淡水河口入來，過干豆門，開又分椏規大葩港路，這馬的基隆河、新店溪、大漢溪弓 -- 開的大台北地區，攏叫做「內港」。不而過，「外港」並毋是淡水河口的滬尾、八里坌，顛倒是指桃園彼帶。

　　林家祖先來彼時，內港淡水河的水猶誠深，行橫洋的大帆船會當直接到新莊、艋舺下碇，才佇艋舺盤細隻帆船到十五份，對十五份若欲閣入去，無論欲往霧裡薛溪抑是青潭大溪，淺瀨濟，水掣流，攏著換舢舨仔。十五份潭是細隻帆船佮舢舨仔相接的渡頭，也是後來日本時代台北水道水源地的取水口。

　　彼當陣「景美」嘛猶未號做「梘尾」，長山人共景美溪叫「內湖溪」抑是「萬順寮溪」，平埔話「霧裡薛（Bū-lí-sih）」才是這條溪的本名，聽講原意是「美麗的溪流」。霧裡薛，敢若白茫茫的霧裡有光佇咧爍，人行倚去，光源煞綴咧倒退，人一直倚去，行袂到彼葩光，嘛行袂出彼陣霧，永遠的

霧裡爍——這是我家己亂想的。

　　林家來台第二代，對十五份搬去大坪林，徛霧裡薛溪南的渡船頭，全款搖舢舨仔。彼个時，瑠公圳欲過霧裡薛溪的水梘已完工，一逝木造的「菜刀梘」像橋，切過溪頂，引圳水流對大加蚋，規大片荒埔才有通變水田。霧裡薛溪雙爿岸，大坪林這頭是「梘頭」，過溪是「梘尾」，自按呢開始有「梘尾」這个地號名。景美地區上早起興的所在，其實是萬慶巖祖師廟前的「溪仔口」，後尾落船先上山，後來煞顛倒「梘尾」較旺氣，可見「徛尾包衰」根本無影。梘尾發展起來了後，邊仔彼條溪人慣勢叫「梘尾溪」，「霧裡薛」的名就霧去矣。

　　梘尾、景尾、景美，到今猶原真鬧熱，舊街菜市仔內的集應廟拜尪公，是高姓的安溪人起的。我蹛淡水後山的時，厝頭家就姓高。後山的路一直起去，過墓仔埔迴到「北3」，路口就是埔仔頂，正爿白石腳，倒爿往興福寮、小坪頂到北投稻香路，往過應該是有茶園，彼逝山路攏有拜會趕茶蟲的尪公，聽講閣分張姓佮高姓，佮景美、木柵的尪公廟交陪誠親。咱一个外地人了解有限，干焦知影有九年一擺迎尪公，可惜無機會通去食鬧熱桌。九年，對國小入學到高中一年足

足，閣下一个九年若順利，聽好提著碩士矣。三年一科、四年一閏，佮這九年一擺的，gí-á[85]大細輪真有差，九年一輪的較毋免遐碴碴趖，寬寬仔來，加真老步定。

人攏是按呢，先到為君。我先對彼逝山路捌著尪公，真慣勢尪公出現佇彼條等高線，佮清幽的小庄頭配搭，一時看著景美的集應廟，疑怪尪公哪會落山來佇市內，廟前閣猶有大埕，廟後就攏大樓矣。後來「有河 book」開佇淡水河邊，隔壁一間聖江廟，廟外攏擔仔位，內底面掩掩揜揜，若無 khấn-páng 遐大塊，根本毋知覕一間廟，而且主神是尪公，原來尪公廟嘛有離水遐爾近的。聖江廟的尪公，面容真威嚴，一位死守睢陽城的縣太爺，毋知來拜伊的人敢嘛有伊守城護土的氣魄。

「北3」往小坪頂彼條「尪公線」，袂輸我家己厝後的後尾門仔路，欲去北投借一罐豆油爾，拚過就到，呔就佮外人佇山跤塞車？欲踮向天池、面天山，嘛是騎這逝。當年路邊干焦一棟「海誓山盟」上懸，一九九五我畢業彼年熱天，

---

85 gí-á：齒輪。

一粒山頭剃光光、攄平平，開始起厝，就是傳說中的「八掛山」，前後八間建設公司掛佇遐。中國資金橐佇台灣的第一件建案「萬通台北 2011」，兩棟二十九層樓的豪宅就佇小坪頂，像一對長長的利劍，插入大屯山放垂的伸手仔，對台北盆地任何一角勢攏看會著。

起去向天池的路，少年的時若咧行灶跤，一點鐘久的塗崎佮石碣，喘怦怦跙到位的時，好運聽會著竹雞仔「kí-kōo-kuai、kí-kōo-kuai」。向天池是火山口，中央一大塊草湳，有時澹、有時焦，罕得幾時雨量集中，才會變水池。遐有一種神祕的氣氛，我感覺暝時會有外星人駛飛碟降落。

敢欲閣再起去？抑是到遮就好？──見擺起來到向天池，歇一下，攑頭看面天山頂彼兩堵電波反射板，心內攏會有躊躇的聲。若是秋天，彼當然，軟跤嘛愛爬起去，起去面天山頂予風搧，看大屯山群菅芒花開甲若貓仔毛，起湧舞弄，天寬地闊的大景，看一擺是一擺的感動。

敢欲閣再起去？抑是到遮就好？──有一个歲了後，欲會當佇一條等高線踏會在，就誠拚矣。

10

　　新的景美橋九十三公尺，拄好佮三峽舊橋平長。舊街行
出來，有橋、有溪，傍港路結市的舊地頭，間格攏真親像。
猶毋過，三峽過橋嘛是三峽，景美過橋是大坪林，屬新店的
額，新北市佮台北市無全國。

　　以早上班，阮彼款坐辦公桌的頭路，同事可比一日八點
鐘關全櫳的獄友，清醒的時間佮家己厝內人嘛無做伙遮久。
阮這沿的讀小學的時，攏有仝桌坐隔壁的同學，閣來欲有這
款緣份，就是出社會矣，辦公室坐隔壁的同事，桌仔中央無
彼條幼稚的刻痕，換做隔一塊意思意思的閘枋。坐我隔壁的
阿春仔，就是正在地景美人，個阿母逐早起攏會拖一台菜籃
仔車，去景美的菜市場買菜。大菜市是一个氣場，一个地方
的塗氣佇遐會當灌上飽，三頓食外口無咧煮的，買菜買連鎖
大賣場的，彼有影就差一氣。坐辦公室彼幾年，我是阿春仔
景美消息報導的忠實聽友，聽甲嘛袂輸對景美偌熟咧。

　　「景美消息」我到今上會記得的，是莉莉佮小鄭的愛情
故事，地點佇新店，毋過聽講景美橋過無偌遠爾。時間走若
飛，這時的我攏較老彼時的莉莉矣，彼時的莉莉比這時的我

有活力，竟然閣有彼个 hoo-lú-bóng[86] 去戀愛。來到景美橋頭，也是會想著伊，毋知伊轉去海口故鄉，這馬過了好無？無消息去的小鄭，個兜的籤仔店敢閣有咧開？佇咱的社會，濟歲查某人佮一个生人會過的少年家結婚，會笑破人的喙；若是查埔查某年紀對換，人笑罔笑，訐罔訐，凡勢欣羨甲目空赤。「某大姊，坐金交椅」，俗語講是按呢講，正經彼金交椅是古董級的，煞人人攏夯椅鼓仔來等欲看好戲。有彼查甫人，佮大二十四歲閣无三个前人囝的高中老師結婚，人嘛是做甲總統，毋過彼是佇法國，人是人，咱是咱。

　　景美橋彼頭的駁岸邊，一棟「快樂旅社」誠影目，khǎng-páng 大大字紅底白字佇彼四樓頂，店名有喜感，敢若會使借來做單元劇。彼房間窗仔門挩開就是景美溪，放鬆倚佇窗仔邊，會予人蓋想欲食一枝薰。看對景美仙跤跡這爿來，拄好景美溪一个大彎，phe 尾幹對木柵去，溪佮河，就是愛有彎有幹才會好看，掠直去就無局矣。對十五份搬來大坪林的林家第二代，彼時的渡船頭，毋知佇新店這沿溪垱佗

86　hoo-lú-bóng：荷爾蒙。

一跡？瑠公圳的木梘橋跤，橋柱毋知閣幾尺闊，舢舨仔百面是會過得。

　　林家第三代對大坪林閣再徙位，瀌梘尾溪入去石碇仔的「楓仔林」，彼時已經十九世紀，嘉慶道光年間矣。淡水有楓樹湖，石碇有楓仔林，佮攏佇山腹有溪的所在。一八四〇年代的楓仔林，有梘尾溪頭上大窟的潭，分頂潭佮下潭，平常時舢舨仔停得百五隻左右，是船會到位的上盡尾。

　　水路的盡磅，跤路的起頭。艋舺來的貨佇楓仔林起水，苦力接手擔到石碇仔，對後山翻過樹梅嶺，落坪林尾，是清國時代欲去蛤仔難的路線。後來行新店、青潭、坪林的北宜公路，是日本時代才開的。佇彼進前，楓仔林一直是台北欲去宜蘭的轉運站。

　　現此時沿景美溪的公路，深坑仔土庫過，較早路中央就一欉楓樹王，聽講四、五个人尋咧才箍有一輾。楓樹王的正爿面一條橋，較早是鐵線橋，橋過景美溪，有派出所佮幾戶人家遐，就是楓仔林。照講，孤一欉楓仔遮大欉咧顧口，地名會叫「楓樹跤」抑是「楓仔跤」才著，既然是「楓仔林」，應當有一大片楓仔啊。

　　楓樹王徛的所在叫八分寮，樹王跤一間土地公廟，公路

欲楦闊的時，八分寮佮楓仔林人惜情，堅持廟佮樹攏愛留，
施工單位予個一塊安全島，彼島的外箍圍煞鞏甲三米懸的牆
仔。有石碇仔人怨嘆石碇仔無發展，攏彼欉楓樹王害的，入
鄉的路予擋咧，大台車駛袂入來，頭家人就毋願來設廠。一
九八八年熱天，楓樹王予雷公敲著樹尾，元氣那來那失，
兩冬後風颱閣來，就共樹身偃倒矣，倒落去彼下砑著高壓電
線，規个石碇仔失電兩工。

11

　　景美溪自景美到石碇仔，懸低差四十米左右，並無算
崎，毋比新店溪水量大，坪林尾較懸新店欲百八米，船真偝
揣流到位，更何況屈尺過是泰雅族地界，長山人毋敢去磕
著。石碇仔往雙溪這向的山，原生樟仔林滿山坪，誠早就有
人去開墾；福建夯來的茶栽，苎木柵、深坑仔、楓仔林、坪
林釘根，五口開放以前就有銷對廈門、福州。

　　一八六〇年代，《天津條約》品明照行了後，淡水正式
對外開港，西洋人的火船入來做生理，條約港的範圍擴充到
艋舺。風水輪流轉：溪頭直直開山，溪水帶落來的塗沙全坐
佇港底，規條港路自按呢變淺去。這个時的淡水河，大船無

論新舊款，攏干焦駛會到大稻埕，駛袂到艋舺。咸豐三的頂
下郊拚拚輸人，對艋舺走路到大稻埕的同安人，無想到有這
工。

　　佇梘尾溪頭的楓仔林，林家第四代，林醫師的阿祖開簝
仔店，閣有家己的舢舨仔載茶葉、樟腦、大菁糕到大稻埕，
翻頭逝割南北貨、糧食、布料佮建材轉去賣，生理做甲整七
隻舢舨仔，起三棟倉庫。人跤跡有肥，渡船頭逐工真濟船舵
佮苦力出入，阿祖也煞開客棧予人過暝，順紲閣做食的，一
粒一仙錢的肉粽蓋出名。

　　林醫師的兩位伯公，攏是從做囡仔就予阿祖系佇身軀
邊，綴舢舨仔去大稻埕做生理。查埔祖食到五十八，彼年清
明後，梘尾溪頭漲大水，阿祖要緊欲共潭墘的船縛好勢，驚
予流去，一下無細膩煞跋落潭，意外來過往。林家的家業換
查某祖扞頭，查某祖比查埔祖閣較有商業眼光，派林醫師的
阿公到大稻埕中北街，學三年南北貨大盤生理。

　　逐工，淡水河綴海的流水喘氣：滇流的時，海水對河
口溢入來，河水倒退流，寬寬仔恬滇；洘流的時，海水退倒
轉，河水予摸咧行，順勢流出海。規葩淡水河，流水牽挽會
著的範圍：新店溪到港仔喙，差不多這陣的光復橋；大嵙崁

溪到枋橋、樹林附近；基隆河聽講到汐止，舊地號名「水返腳」就是這个典故。流水影響袂著的區域，船若欲閣撐溪，佇無機械動力的時代，著愛起帆拄風，攏靠人力硬撐硬划。

淺山的楓仔林，嘛是愛共海借流水的力。逐月日欲去大稻埕買賣，攏是掠舊曆初一二三，抑是十五到十八，大流水這幾日。一隻舢舨仔載二十布袋的毛茶，六、七隻船結一tshiu，持防土匪搶劫，出門在外拄著代誌，嘛較通相照應。逐逝出船，攏是天猶暗摔摔的寅初就起碇，一路順流到港仔喙，佇港仔喙等天光洘流頭，起帆食透早的內勢風，趕佇巳時進前到大稻埕港墘仔，赴千秋街洋行的茶葉拍賣。

提著拍賣的錢銀了後，就到六館仔佮中北街，辦米糧、南北貨、布料等等，夯貨落船，跤手著緊，流水無咧等人。過晝未時，趁滇流佮東風，開帆駛到港仔喙，閣過，著靠搖櫓到虎穴口，現此時公館水源地入水口彼跡，大概拄好酉時黃昏。

靠舢舨仔討趁的船舵，一逝出船，攏是佮水咧摒拚，猶毋過，詩詞裡的孤舟、輕舟、扁舟，較載都是文人的愁。傳統墨水畫裡，舢舨仔細細隻不過是點景，簡單幾筆就一隻，無彼一兩隻閣袂使，攏無，就無彼个「江湖」味矣。

　　來到虎穴口的舢舨仔，踮遮拋碇歇一暝，光景當好的時，一暝唊兩百隻都有。隔轉工透早卯時才閣再出發，拄流搖起去，船舵體力愛真有，半途中那拖那揀揹過十幾位的淺瀨，佇申時平安轉去到楓仔林。走一逝大稻埕愛兩工，是長逝的；一月日其他的時間，就做楓仔林附近的生理，加減走短逝的。

　　林家的籤仔店佮客棧，是楓仔林的資訊中心，逐工誠濟苦力咧來去，鬧熱 tshì-tshà，逐暗攏十外个船舵蹛過暝。長山發生的代誌毋免半個月，滬尾、大稻埕的動靜只要兩三工，就會傳到楓仔林。一八八〇年代，林家已經是當地上大的雜貨商。一八八四年「西仔反」的時，淡水河口予法蘭西的戰船封鎖七個月，長山貨完全無法度入來，物價起兩三倍，林家踏著時機，佇大稻埕趁著三萬外圓，後手佇楓仔林、深坑蓄誠濟土地佮厝宅，毋但有家己的茶山，嘛有做茶的工場。

　　一八八八年，林醫師的查某祖六十六歲過身。伊經歷「西仔反」，林家佇伊的手裡興旺，伊無搪著「番仔反」，毋知台灣閣過無偌久就會予日本人管。伊上蓋痛心恨的是三个後生攏佇大稻埕學著食鴉片，宗族仔內嘛那來那濟人沬落

去，家業無法度閣再開展。伊過氣進前特別交代，林家囝孫逐年正月初一，著食清麋過年，先人枵飢失頓的日子、白手起家的艱苦，袂當放袂記。

日本人來了後，「梘尾」變成「景尾」。個對景尾沿景尾溪，修一條九尺闊的公路到深坑仔，閣為著欲運塗炭，建設輕便鐵路自景尾迵石碇仔，走輕便鐵路的台車，是靠人出土力對車尾捒。時代捒到這个坎站，按楓仔林坐台車到台北，個彼陣的人是歡喜甲，「四點鐘『就』到位」，咱這陣的人，哪會堪得「四點鐘『才』到位」。

一九一〇年代，楓仔林的潭裡，舢舨仔賰無幾隻矣，林家六代一百七十冬的舢舨運輸業，嘛自按呢收起來，規个結束。

12

對梘尾到楓仔林的溪路長溜溜，彎彎幹幹，愛過十幾跡的淺瀨。

載貨的舢舨仔欲過瀨，瀨頭攏著先掘一逝丈半闊的深溝，才袂靠瀨坐底。船欲揩瀨的時，五、六隻先佇下勢集倚，共背索結咧船頭，三、四个人對瀨頭頂勢拔背索，牽船

摺流；船尾閣愛有兩个人出手扞牢咧，接力鬥揀船，彼兩人
身軀浸佇水裡，若看著溪溝底有較大粒的石頭，嘛愛抾起來
抌對邊仔去，紲手那清港路。

　　溪底較無水的時節，淺瀨水量無夠，對楓仔林出船前一
工著愛先通知下勢的人，夯門扇枋來做臨時的水閘，閘予頂
潭溪水漲五、六尺懸起來，等頂潭十幾隻舢舨仔齊集倚來，
門扇枋一下手捒--開，舢舨仔一隻一隻相綴出發，做一氣順
流放落港，原理佮現代運河的水門相仝。淺瀨附近攏有人家
專門貿這項工課，替欲過瀨的舢舨仔助力。

　　當一陣船舵佇溪底和齊牽船摺瀨，毋知個咧吐氣瞪力的
時敢有歌？

　　少年的時對合唱歌本捌著「拉縴」這个詞，攏想講彼是
長江、黃河才有的苦工，台灣無彼款需要「拉縴」的河佮船
較著。無論是「拉縴歌」抑是「拉縴行」，規條歌一直「嘿
喲！嘿喲！」，趁縴夫瞪力牽船的聲嗽，誠有氣勢，毋過彼
歌詞，總予咱感覺是愛國歌曲。後來閣聽講，一九五一年彼
時，台灣社會攏唱日本歌較濟，中小學生上課無歌通唱，游
彌堅邀請呂泉生編寫音樂教材，華文版的《101世界名歌集》
原本有收〈伏加河拉縴歌〉，是蘇聯真有代表性的民歌，佇

反共抗俄的時代，省教育廳審查提掉，換舒伯特的〈菩提樹〉才過關。

　　正經拔大索牽船的人吐氣出聲，彼會好聽，是苦湯煉了有透。牛佮馬無法度代替咱人拖船，歹命人才著做牛做馬，掠無交替。為著欲和力來出聲的哼呻，通化做音樂欣賞，嘛著有優雅的冷淡才會堪得。毋知是梘尾溪毋比大江大船，舢舨仔拔無幾下就過瀨，予咱袂赴編有一塊歌；抑是古早原仔有這款船歌，是溪底無舢舨仔咧走了後，才失傳去？

　　梘尾溪頭這陣猶聽會著的古早歌，是以早茶園好光景的時，上蓋流行的褒歌。一句七字，四句一葩，鬥句押韻，阿娘阿哥愛來怨去，相褒對削兩合宜。彼是上貼底的，做園仔工的人日常生活中「詩」的能力，完全生佇喉裡，毋免就捌字才會曉。褒歌短短一兩葩，實拄實的肉聲，毋是西洋聲樂彼套發音；展罔展，並無戲劇的表演性質，干焦家己的心佮對方的意咧來去。褒歌的聲線，低低懸起去閣彎拗倒落來，牽絲真幼路，像一泡清茶的好喉韻，落耳會回甘。

　　為怎樣無發展到弦仔月琴伴奏咧？來到褒歌的鄉里，我想著恆春民謠。恆春是在地原住民原本就真會唱，長山人去到彼个環境，相透濫，平平四句聯仔，加真有音樂性。茶

鄉的發展無全，無論樟腦抑是茶，攏是愛先占人土地，囊資本，牽涉著經濟利益，佮泰雅族的關係繃真絚，哪有借你的調入我的話，彼款族群融合的歌路。褒歌毋是土生仔。

梘尾溪頭是褒歌岫，不而過，現此時欲揣勢唱、猶有才調唱的人，攏上八十的老輩矣，個對記持的屜仔搜出來的歌聲，有我真懷念的安溪腔。古早人講「離鄉不離腔」，現代的台灣人就算無離鄉，腔嘛離甲離離落落去矣。

13

梘尾溪頭楓仔林的一間商號，想袂到會因為淡水河口，命運大轉變。

一八八四年的清法戰爭，淡水人叫「西仔反」。有人講「西仔」的「西」是法蘭西，毋過我淺想是「西洋」的「西」，若無，外僑墓園毋是葬法國人，哪會原仔叫「西仔墓」？打狗的「西仔灣」嘛應該是「西仔」來佇遐的「灣」，佮西施無底代才著。南部人毋捌「走西仔反」，干焦捌「走番仔反」，這个「番」是日本人，台灣人走一八九五年的反。到今來，「西仔」這个詞早著無人講矣，連「番仔」嘛叫是是原住民，掠準「番仔反」是原住民出草。

一八八四年的「西仔」，就是對沙崙起水開始「反」。
中秋前一日向滬尾彈規工的砲了後，秋風起大湧，先歇‐‐幾
工，聽講，對船頂看咱的沙崙海坉嬌甲，若毋是風湧遐大，
就親像欲去「按呢的河（Asnières）」泅水。咱人八月二十
彼早仔，風湧有較 leh，西仔兵落跤船，起鼓搶灘，六百人
對沙線蹽水起來，跤踏著彼海沙，袂輸是佇「等客落去」
（Dunkerque）全款，踏一步、陷一跤，軍鞋攏陷陷入沙。

　西仔兵好膽衝做前，大砲對尾後彈，敢若相準個的尻
脊骿，見真是對頭殼頂懸啾一下過，為個開路。個頭前面的
路，海沙埔盡尾，全是葉坉有針刺刺刺的林投，佮樹身彎
曲、葉仔茂 lè-lè 的朴仔，這大片林投佮朴仔老欉，久年釘
根佇滬尾的風頭，海風搧甲閣較食力，原在塗肉咬牢牢毋
放，你欲講伊痟婆也好，伊就親像一位儼硬的祖媽，用韌布
布的雙手，盡力共滬尾這个金乾仔孫 án 咧。

　一下軁入林仔內，西仔兵就知毋是勢矣。光天白日，
樹葉掩甲密密密的林仔跤，毋但無跤路，閣予人捎無方向，
今這陣人是佇咧佗位，該行佗一向？雄雄，規排銃子掃過
來──規大陣食清飯咧等的清兵，做一下喝聲衝出來，雙方
直拄直對戕，銃聲迸無停，早就分袂出佗一爿。閃袂離的，

緊猛 bà 過去相攬、相偓；手攑有著刀的，劃甲流血流滴你死我活才煞。彼日透中晝，西仔就緊收兵矣，狼狽退倒轉去船頂，海沙埔的確有硞硞津的血跡。西仔的戰船輪流守佇淡海顧口，半冬外毋肯走，隔轉年五日節前佮清國簽新約，規大齣才煞鼓。

一八九八年的《台灣堡圖》裡，這馬球埔東爿面接大庄路，彼沿路離離落落的「⊥」，敢會就是個？千山萬水對湖南、安徽抑是法蘭西來到遮佮人相刣，賣予帝國的一條命，埋骨何處，身不由己的兵丁。簡潔的「⊥」，若換插一枝十字架，入「土」為安，「你本是塗粉，也欲歸佇塗粉」，「土」的象徵也真嬌。

油車口到沙崙仔、大庄到港仔坪，當年西仔反的時，淡水人比做「金針」佮「木耳」的林投佮朴仔，我初到淡水的一九九〇年代，零零星星攏猶有。

細漢聽人講林投姊的故事，毋知林投生啥款；大漢有機會看著林投，可能攏無夠大欉，予咱真懷疑，彼是欲按怎吊脰？後來一擺機緣，聽著林投籗的大管弦，彼弦仔挨出來的聲，經過林投籗共鳴，敢若欲吼欲吼的哀怨，感應著會起雞母皮，袂輸林投姐來顯靈矣——殼仔弦全款咧奏，聲有較薄

板小可，就無一位歹命的椰姐欲出來訴冤的氣氛。

熱人開花的黃槿，花定落甲規塗跤，心型的葉仔大大葉苴粿拄好，有人叫粿葉樹，淡水人是共叫「朴仔（phok-á）」，佮彼款子會當捎來擗人的「朴仔」無全。

馬偕上岸的碼頭，另外彼片岸幹角就一欉老朴仔，捆著人散步過路的枝葉，夆修理甲真忝；想欲彎對河面的樹身，愈向愈低，著特別拍杙仔共托予牢，像咱老大人需要四跤虎仔接力。我看過上老的一欉朴仔，是淡水國小大門對面，欲迵重建街的巷路，人家厝的紅磚仔壁就「楔」一欉，老碴碴的下半身安佇壁，噗出來若化石，頂半身鑽入厝內，樹椏才閣伸懸起去，伊毋是化石，確實猶活咧。

里長伯仔講是蹛佇內底的阿婆種的，阿婆彼時陣八十六，講是個大官種的，應該一百冬較加有矣。較早厝後是空地仔，後壁路猶未開，這欉朴仔就佇咧矣，閣有一欉榕仔嘛真大欉，起厝的時毋知按怎煞 khiau 去，個共鋸起來，樹頭這馬嘛猶留佇塗跤，足大圈。

有歲的老朴仔，樹勢攏是趨趨坦敧身，先展橫的才徛椏起來，彼是一年一年的海風雕出來的屈勢，閣有猴囡仔跙懸跙低，吊咧盪盪幌的重量。

少歲的朴仔毋是按呢，個是公園路燈管理處管的，來的時已經直捅捅一欉，夆安插佇河邊，佮茄冬、苦楝仔徛全排，若毋是黃豔豔的花落落塗跤，無人會注意著個是一欉朴仔。佳哉紅毛城下爿的河岸、油車口的祕境，猶有幾欉朴仔較倚人，佮人較親，毋過彼樹椏猶無通粗勇甲，通縛一隻歡迎囡仔來幌的韆鞦，抑是結一張予人會當孵夢的吊床。

海風吹甲規欉朴仔葉沙沙沙，親像咧共樹仔跤睨蔭坐涼的人輕輕仔挲頭殼。Where have all the flowers gone？一八八四年的淡海，彼規大片的朴仔林，黃花，佗位去矣？

14

淡海路到欲盡磅拆做雙叉，直逝彼條巷仔真細條，迵入去一區低厝仔，埕欲無路的時，對人兜厝後斬過，閣軁出去就是沙埔佮海，知路的才摸會到位。

熱天，逐家攏買票入去海水浴場，咱袂愛鬥鬧熱的人，來隔壁這爿沙埔較清靜。浴場的隔界插一排杙仔牽鉛線，個彼爿全全人咧蟯，涼傘花大細蕊攏有，游泳衫佮泅水箍五花十色，耍排球的少年家嘻嘻嘩嘩，跍海沙的囡仔人 kì-kà 叫，救生員逐不時咧嘈嘈，誠噪耳，熱天的海邊仔就是遮爾

熱。阮這爿，敢若鐵幕外的落米仔，無幾隻貓，擎褲跤沐海水意思意思爾。

阮這爿，就是海水浴場過來，到公司田溪出海口這段。低厝仔䖏出來有朴仔，沙埔垅一隻貨櫃有門有窗，賀伯伯就蹛佇低厝仔，賣涼的佮一寡喙食物仔，閣有水餃、滷料佮燒湯，貨櫃厝仔內有椅桌通坐唰食。賀伯伯的店有一味真特別，原來滷豬跤會當加 khòo-lah，肉軟、皮飪、袂滓甜，加真好味，去到遐，我定會點這出別位食無的「khòo-lah 豬跤」。

賀伯伯彼當陣猶未八十，人真好性地，規年透冬戴一頂帽仔，hín 猶無像 tsín 遮時行選舉帽佮宮廟帽。看著有人來，賀伯伯攏歡頭喜面，笑甲喙仔開開，目睭眯做一條線，兩蕊目睭就兩條線。賀伯伯講話大聲，聲𩑵𩑵，一个腔真重，我干焦知影伊是湖南人，毋知是湖南的佗位。來伊的店仔交關，揩涼的、點菜攏無問題，若欲閣加講較濟句，就無遐順利矣，攏愛用臆的。

佇淡水搪著湖南人，總是會想著第一公墓彼幾塊湖南勇墓牌。個是西仔反進前就葬佇遐，毋知敢是綴孫開華去後山剿原住民，轉來滬尾了後身故的。後山彼款猛勢的大海大

山，實在傷過頭險路矣，比起來，滬尾的風土敢無真可愛？除起寒人的霜風冷雨觸纏，予人較可惱。若毋是家鄉有親人，留踮遮實在也無穩，山明水秀，觀音座前坐清殺業，免閣再剖人抑是夆剖，袂了袂盡。

　　湖南人賀伯伯是按怎會來淡水，哪會蹛佇風頭水尾的沙崙海墘？馬鞍藤拋佇沙仔地，淡規大片，豆仁綠的葉仔甘願做底，由在淺茄仔色的五爪心花去開。彼葉仔逐葉攏是馬鞍型，佮彼區低厝仔做厝邊的，就有馬場。飼佇馬牢內的馬，有時牽出來海沙埔陪人翕相，妝甲嬌噹噹的新娘，這世人總算等著一位白馬王子。沙仔塊過來，目睭按 -- 幾下，天蒼蒼、海茫茫，正經是一隻馬，毋是咧眠夢。這毋是「戎馬關山北」，毋過洞庭水邊的目屎連鼻，流千外年矣猶閣好袂離。

　　一八八四年西仔對這片沙埔起來彼工，節氣拄好寒露，彼年的中秋有較晏，若無，通常是白露、秋分彼跤兜。這个節氣的淡水，風的涼度、日頭的溫度，佮光的透明感，攏會予人佇厝內坐袂牢。有一年中秋過彼禮拜就是按呢，天氣真秋清，久無來賀伯伯的店仔矣，按算遮食飽坐一睏仔，落去海沙埔行行咧。彼回，對貨櫃厝出來納錢了，才發覺低厝仔另外一爿的巷仔頭，囤甲規大墩紙箱仔佮籠仔，綑甲懸懸

懸——驚人的是，彼紙箱、籠仔內貯的，實捅捅全是放過的沖天炮，香跤紅的炮仔枝插插插，閣攕有夠濟哩哩硞硞的糞埽。

彼攏是中秋暝來沙崙仔耍的人放的炮，佮個繼手亂擲的糞埽，賀伯伯對海坪扐轉來，先囥佇遮，猶閣咧整理。伊全款彼頂帽仔戴牢牢，喙仔笑笑，目睭眯做兩條線，無講啥物話，扐遮濟糞埽敢若真平常，曷無啥。

若無親目親見實在蓋無愛信，到底彼暗是偌濟人來，驚死人放甲遮濟炮！是咧按怎，過一个節就愛按呢？中秋暝，一四界烘肉味，社區暗會唱規暗的卡拉 OK，一年忍一擺，逐家歡喜就好。有月光的沙崙海埕應該真婧，煞也有遮濟人來放炮，馬場的馬敢袂拍生驚？沖天炮戰原仔是「西仔反」——阿西阿西的「西」。

15

後來我家已滷肉，有時想著，攢一兩罐 khòo-lah 倒落去，沙崙的記持像氣泡浡起來，等一時仔予伊家已消，藏味佇規坩滷肉。

淡江大學生理真好，全校學生上萬的，這規萬个學生內

底，去過沙崙食過賀伯伯的 khòo-lah 豬跤的，毋知有偌濟？講著 khòo-lah，李雙澤當年其實無摃破的彼支 Coca-Cola 矸仔，到底摃著偌濟人？答案佇風中。

我真欣羨短命、雄雄死，攏無拖著的人。古早人講「死囝乖，走魚大」，是有道理的。佮短命的勢人對比，咱韌命的普通人活遐久，實在真歹勢，對少年歹勢到中年，對中年歹勢到攏有老人癉矣，哺無塗豆閣歹勢認老。短命的英雄袂變款，猶未有機會反背家己少年時的理想，人生純然的光佮熱，用袂著修正液，堅凍佇一个嬌氣的姿勢，變成一件傳奇的標本，毋免回答觀眾「後來咧？」的問題。

李雙澤若是無死，後來會按怎咧？三民主義會抱甲當時？中國中國佗一个中國？伊會閣繼續寫歌、寫小說、翕相、畫圖無？敢會牽失蹤，抑是變成袂當來台灣的菲律賓人？

伊一九七七年九月就死矣，到今，〈美麗島〉閣有人傳唱，留世的文字毋知敢猶有人讀。重掀伊作品集《再見　上國》內底一篇翻譯的文章〈喪失民族精神的菲律賓教育〉，一个菲律賓大學國家語言教育院的教授寫予菲律賓教育部，論菲律賓教育問題的文章，搬到今仔日的台灣來和，猶不止

仔合軀，布料花草無仝爾。李雙澤苦心翻譯這篇，愛咱看重民族主義，看著被殖民的悲哀，看清無所不在的美帝──毋知彼時的伊，敢有智覺著台灣社會語言矛盾的結構，佇大中國的夢裡，伊的家鄉話是毋是干焦會當操姦撟佮陷眠。

　　這篇原作者一九七二年發表的文章，李雙澤整理好勢寫譯後記的時，是一九七七年二月矣，人佇馬尼拉。彼年我會記得，連我一个南部一年仔的囡仔都知，哪有彼歌的名遄心適，叫〈民國六十六年在台北〉，是甄珍的妹妹銀霞唱的，「從民國六十六年起，每個人更要努力～咿～縱然身處國難裡，爭氣讓外人看得起～」，我嘛會曉唱喔。《廣播電視法》佇彼前一年頒布實施，電視的「方言」節目一工毋捌超過一點鐘，台語歌嘛干焦會當一工一條，後日仔閣愛愈束愈少，新聞局長的目標是欲摧甲完全無氣為止。橫柴入灶的《廣播電視法》第二十條，解嚴後的一九八八年才有客家人上街頭的「還我母語運動」公開抗議，一直到一九九三年七月解禁，拄好是阮這沿的人對小學到大學，規欉毒（thāu）徹底。

　　對小學洗到大學，這內底閣有分「好班的」佮「穤班的」。「穤班的」冊讀較無，去學校搵一下，早早踏出社會為著將來，無論學工夫抑是蹛工廠，八〇年代的「社會話」

攏猶是生龍活虎的台語。「好班的」就另外一窟池仔矣，規日毋是上課就是考試，分數無夠撨甲夠，下課趕補習閣愈無閒，一切攏是為著聯考。「國語」上牢腹的，就是學校浸上久的「好班的」。未出社會全款為著將來，欲考會著好學校，國文、英語分數愛懸，國文、英語分數愈懸，台語就愈生疏。國文英文予你翻身，予你有水準；被壓落底的台語予你夆笑愀，夆嫌無氣質──人是現實的動物，巧囡仔袂共家己揣麻煩。

電視看傷濟會變外省囡仔，大漢就變外省婆仔。民國七十九年在台北的暑假，我佇和平東路一間畫廊顧店，頭家入去後壁間揣物件予人客，啉茶坐咧等候誠優雅的富太太共我當做家己人，一個親切的笑面，細細聲仔問我：「小妹呀，我看妳是外省人對吧……」伊共我偷講頭家的尻川後話，阮彼個頭家剃一粒平頭，無笑的時一個面腔誠歹，平常時會哺檳榔，富太太袂愛台灣查埔人食檳榔。

16

李雙澤是鼓浪嶼出世，小學才來台灣的菲律賓華僑。佪彼當陣無講「母語」，攏是講「家鄉話」。「家鄉話」是一个

地方的話，歸屬佇「方言」，人在他鄉特別有「家鄉」。鼓浪嶼講廈門話，南洋的華僑講福建話，攏佮台灣話有倚。

「阿 B 的」平常如果講起國語來，總是噠、噠、噠、噠的，像機關槍單發點放一樣。可是如果說起家鄉話或者唱起老家的小調子是完全正常。

〈阿 B 的〉是李雙澤一篇小說，主角名叫「阿 B 的」，咱一下隨臆有，是「A-bi--e」啦，這款有「e」的外號少人寫，有的人會用「ㄟ」，有的人用「A」，有的人規氣用「仔」準過，遮濟冬來，干焦我的朋友「恆春分」獨家「ㄅ（e）」了名聲有透。聽講李雙澤的朋友攏叫伊「大箍的」，「大箍 e」穩當真慣勢這聲親切的「e」。

小說內底的「阿 B 的」是一位畫家，角色設定是屏東恆春人，到西班牙留學。

「從現在起要開始學西班牙文……」帶阿 B 的出去吃飯，一路上我苦勸著他——我很擔心阿 B 的語言學習能力。因為阿 B 的是有名的——在學校課堂上老是忘記國語發

問——阿 B 的是很認真的學過國語，可是沒有辦法。

「阿 B 的」佮「大箍的」攏是二次戰後出世，「國語」
教育的第一代。七〇年代個攏猶未三十，「阿 B 的」會當
去歐洲學藝術，「大箍的」有通西班牙、美國、菲律賓四界
遛，佇戒嚴時代的台灣真稀罕，攏是好命囝。

阿 B 的昂頭走出館子。

「台灣話是世界通的！」他說。

阿 B 的不但有高度的優越感而且有高度的正義感。

「阿 B 的」共老鳥欺負菜鳥仔的「迎新會」暨甲糜糜卯
卯，「幹汝娘！駛汝祖公！汝們是學長哦？……」一段躼躼
長的操姦落搦，才進入〈阿 B 的〉的重點，這篇主要咧辯證
「美感」佮「美術教育」的小說，短短六頁，我頭一擺讀著
的時笑甲反過。「阿 B 的」到西班牙第二年了後：

「歐洲郎果然比台灣郎卡水！」阿 B 的感慨的：

「根據我年來的考查——是伊們的風水斬——汝看，歐

洲的山、歐洲的水不是攏總比台灣卡嬲？」

「不過生得好醜那是父母的事，」

　　咱臆，彼「阿B的」話意應該是「生甲好（抑）穮」是父母的代誌，寫做「生得好醜」，華文解讀，煞變成是父母共咱生甲穮甲無一塊。

　　「阿B的」認為咱台灣的美術教育有問題，百面是有啥物所在重耽：

　　「幹伊娘，我看到伊們美術學堂的低年生在用色彩——嬲嬲嬲嬲嬲，隨便那一個的色彩敏感力都比我嬲——真見笑，真自卑！」

　　自從有Facebook了後，我逐工攏咧「讚讚讚讚讚」，「讚」甲會疲勞矣。李雙澤佇遮用「嬲」無用「讚」，想是有伊的見解。

　　「阿B的」看人歐洲人用色高雅，袂像咱遐呢㨂壁壁，台灣人干焦會曉用大紅大綠，歹看甲死無人。小說裡的「我」佮「阿B的」徛無仝爿：彼大紅大綠嘛袂穮啊，「我」

阿公、阿婆、阿爸、阿母，攏講大紅大綠才好……「阿 B
的」看真破：「我們不行，就要勇敢的承認是不行！」毋通
想欲掩蓋，硬講家己的是好的，「咱們出來留學，就是要來
學人家、比咱們蓋的物件——」

　　小說是「狀（tsōng）」的藝術，取虛取實半真假，經過
巧手敆作，講出小說家欲講的話。「阿 B 的」佮「大箍的」
敢有影捌按呢會過，彼早就無重要矣。總是無聊讀者我，忍
不住掠人對號入座，彼「阿 B 的」咱臆有，彼个時代，去西
班牙學藝術的屏東人，閣有啥人咧。

　　有一年，我臆的「阿 B 的」對西班牙轉來台灣，暫蹛佇
八里，佇猶未到廖添丁廟的路邊一棟大樓裡。拜六閣有上半
工班的下晡，阮編輯部一陣人去揣伊迌迌，伊真歡喜，紅酒
直直捾出來開。畫家「阿 B 的」的氣質，就像阮屏東田庄樸
實的 oo-jí-sáng，無咧佮人激一个藝術家的參仔氣。伊毋但
講著「國語」大舌大舌，講台灣話的時目睭眨眨眴，無幾句
就眴一下。

　　八里佮阮淡水比，加有夠稀微，風嘛加真透，sǹg-sǹg
叫，無一个遮闌。彼下晡有紅酒，閣有幾若種我生目睭毋捌
看過的 cheese，攏是伊專工對西班牙紮轉來的，世間也有彼

cheese 的味若臭酰液！欲哪會敢入喙?!嘛是佇彼下晡，我頭一擺知影咱台灣有「kê（膎）」這項古早食食，「阿 B 的」家己豉一細罐，開來予阮鼻芳，偌寶惜咧！袂記得是丁香抑是啥物魚，聽講蝦仔嘛會當豉，橫直是鮮的，撆入玻璃罐仔內，下鹽豉甲鹹篤篤，看著爛糊糊的鹹膎，講配飯蓋讚。大學的時社團朋友捌紮一罐 Amis 的 silaw 來（豉鮮豬肉），我毋敢食，想袂到咱 pāi-láng 嘛有全彼款級數的傳統物配。自彼工，我心內的「穤膎膎」這个詞，彼「kê」，對無形的音隨變成有形的象。

李雙澤若活到九〇年代，敢會寫台語歌，用台灣話寫小說？凡勢拍紀錄片，抑是出來選舉？——歌、小說、攝影、水彩畫，伊對世事遐大的關心，遮的藝術形式到落尾可能攏貯袂落，袂合軀。

「唱家己的歌」、「做你自己」、「愛自己」，已經是現此時生活中真熟耳的 slogan，熟甲過分，有廣告文案佮政治文宣的虛茈矣。唱家己的歌，無人聽，敢會生活？「家己」是一丸滾絞袂煞的慾望，挲袂圓就蓋痛苦。有的人的「家己」食著發粉，發甲膨脹脹，人嘛真認真咧「做家己」；有的人「愛家己」愛甲欲死，共別人攏當做家己的奴才，叨情

叨愛無時無陣予人真忝，嘛無自覺有啥物毋著。「家己」的
範圍佮界線佇佗位？台灣人接受華語是「家己」，早就真驕
傲咧「唱家己的歌」，「家己」做得來的，咱欲按怎講人毋
著？

17

「阿 B 的」佮「大箍的」所辯的問題，真有代表性——
啥物是「美／媠」？色按怎用叫做好看？佇美感這方面，咱
台灣人敢有影較輸人？

李雙澤水彩畫了袂穩，畫過袂少淡水的風景；全款畫水
彩的美術先生，日本時代來台灣的石川欽一郎，早伊半世紀
前嘛思考過真相𫝛的問題。

石川欽一郎佇報紙發表的文章，按西洋畫家的眼光來
開拆台灣風景：日頭光鮮鮮的台灣，一年四季草綠花紅，佇
這款大自然特色當中，廟的粧飾佮人的穿插若無較顯場咧，
無法度𪜶人目。廟宇俏脊向天的俏度，碗柿仔剪黏袂輸彩色
玻璃花花的效果，攏佮台灣大自然的外款誠一致。設使將日
本式的寺院規組搬來，照原樣起佇這款鬧熱媠媠的自然環境
裡，傷過頭恬寂。伊嘛觀察著彼時的台灣女性，開始會穿較

素的幼花條和服抑是台灣衫，人為的媠，漸漸佮自然表現的感覺袂一致。就若像佇線條明氣的內山，光線灊目的水垺，煞出現日本厝的格仔門窗遐好笑，彼也可比佇京都東山附近起台灣式的厝宅，看來會笑破人喉。

咱較不幸，無法度像石川欽一郎按呢笑，笑甲遐率直。個對媠穤的標準真古典，論著美感，參照的根基是規个大自然，彼佇個是一份確信，予個真有把握：好看、歹看，好笑、無好笑，清清楚楚，無需要閣辯（辯）。咱毋是，咱這馬攏飼料雞，物質界的「大自然」蹧躂甲無一塊完全，精神界無聊甲掠蟲母相咬，啥物是「媠／美」？無絕對的答案，一切攏是相對的，攏是咧迌迌，藝術是咧耍觀念爾，比啥人死鴨仔喙梏較硬。

日本人絕對袂佇個的京都起一落台灣式的大瓦厝，台灣人無全，袂堪得厚雨水的日本厝，看著就熱的中國北方式宮殿，殖民者硬強的例先掠外，一般民間咧起厝，古早人會講究地理，厝身寸尺有規距，有一个傳統咧守，猶袂走精；現代台灣人足自由的，根本無咧考慮風土環境，揣空揣縫有地就起，厝是起來欲增值的商品，毋是欲予人安居樂業之所。建設公司的白賊話，佮婚紗公司仝步，攏是欲耗人去東京、

巴黎、紐約，去圓一个上婿的夢，夢中有人專門歕雪文波，七彩的泡仔飛啊飛，破去閣歕、破去閣歕。

十幾冬前淡水一个建案廣告：「何必選帥哥，要選就選摩納哥」，誠詼諧——咱笑，笑淡水連摩納哥都有，嘛笑彼輕熟女的心按呢就予人掠著。賣厝的人有專業，一房一廳相千千專攻「小資娘仔」，「何必選帥哥」話講了甜，「資娘仔」芳心也知，人帥哥敢就欲選咱咧。一棟新大樓，名號一个「摩納哥」，南歐風情化化咧做符仔水淋，褫目關著地中海的日頭佮海水，思覺失調，明明都佇紅樹林欲去小坪頂的崎路邊爾。

俗語講：「一點也貓，百點也貓」。石川欽一郎加我一百歲，伊來台灣的時，本島人口猶無夠五百萬，彼當陣的空氣，嘛無 PM2.5。伊看著一點仔無合自然的表現就遐敏感，對咱來講彼哪有啥，無所不至，早就慣勢甲痲痺。

石川欽一郎寫：台灣是全日本色彩上鮮豔而且多變化的地方，對台灣北部那落南那明顯，嘉義以南的日落黃昏，天地醉唅唅全浸佇紅色的彩霞裡，是日本任何所在攏無地看的，華彩的程度佮印度洋日落相全。看慣勢這款的美景，特別會感覺日本的夕陽瘦索，色水較乏。

　　風景畫家的目睭真利，生疏的地頭寢行跤到，特點掠甲
準準。南台灣平洋的黃昏，天懸地闊，全一粒日頭匀匀仔落
海，佮淡水無全的是彼个氣勢。淡水的日落，毋但是水面，
連人心都染五彩。來到淡水揣靈感創作的人，彼个狀態，攏
是一種浮浪，換一个所在敨氣，上無水的心井放予伊空，大
河的風浪會家己浮出歌佮畫。

　　南方的日落毋是按呢，金箔仔貼到盡的田園佮塭仔，
全是農漁民辛苦討趁的稿場，人雙跤踏在，一細粒仔囝，佮
天袂做對頭得。彼幕黃昏情景定予我想著郝思嘉的呼求佮決
志，想著遐个曾經立誓絕對毋予腹肚閣再餓著的人，天暗了
後，卜敢攏佇都市閣咧加班。

　　南台灣的黃昏，是「叫著我」的〈黃昏的故鄉〉，鄉愁
滿腹。〈淡水暮色〉的黃昏，等待漁船倒轉來的男女老幼，
攏家己親人，歡喜欲鬥跤手落魚貨，獨獨半覕佇桃色樓窗內
的女子是外人，毋知按佗位來到淡水趁食。這兩條歌，攏是
一九六〇年代的流行，猶新新的第一港口真交易，巷仔內的
茶桌仔，欲清的、欲花的攏有通覕，猶袂變阿公店。彼是討
海人的淡水，漁業當旺，冷凍設備無這馬先進，滿載入港的
魚，上驚銷袂了，賣無出去的魚做四秀仔較會园得，才會無

意中發明淡水名產「魚酥」。

　　淡水教會彼條巷仔口，較早逐家干焦注意著「夜梅花」，其實對面一間淺坪的空店間，鐵門定定捋落來，主日早起我對遐行過的時攏拄好開咧，內底一口大鼎，毋知從早起幾點就咧糋魚酥。我的「夜梅花」是無粉味的，攏予魚酥的芳味壓過，台語干焦有「臭臊」實在無夠，糋魚酥的芳，聽好講是「芳臊」，油酥酥的芳貢貢裡，猶是有魚生的臊。

　　對〈淡水暮色〉到〈流浪到淡水〉拄好四十年（一九五七－一九九七），滬尾茶店仔的歌聲透全台灣，卻是淡水的「桃色樓窗」漸漸黯淡，收甲賰無幾間。茶店仔嘛是黃昏的景緻，查某人的暮色，查埔人消費佮消磨，天總是攏會暗，暗閣有暗間仔才拍算。台灣像淡水這款規模的鎮，攏會有酒家、茶店仔佮查某間，毋過除起溫泉鄉北投掠外，敢若無親像淡水按呢，予遮濟人共詩化佮美化。

　　水彩的淡水佮油彩的淡水完全無全，石川欽一郎佮李雙澤畫的淡水，敢若傷客氣，無像陳澄波的油彩色遐重，伊的《淡水夕照》根本無畫出彼粒日頭，規大片紅 phà-phà 的厝瓦就夠味。我顛倒定定想著 Munch 的畫作 *The scream*，台語是毋是愛翻做《吱》？以早一个藝術家朋友共我講過，留歐畫

家某某人的太太是淡水人，離開台灣真濟冬了後轉來淡水，看著故鄉的變化，規个人跕佇塗跤，大聲吼甲，吼講哪會變甲按呢——我佮我的藝術家朋友攏無加講啥，阮知影，哭會出來是好代誌。咱較無血無目屎，精神受刺激干焦想欲吱，像 Munch 彼件作品，佇淡水的黃昏，海風陣陣，徛咧漁人碼頭的木棧道大聲吱，吱破嚨喉空，吱甲無聲為止。

<h2 style="text-align:center">18</h2>

佇淡水蹛二十四冬外，掠準日子會一直按呢落去，無想欲搬去台北，嘛無想著會來離開。離開了後有一工雄雄才想起，木下靜涯嘛是淡水徛欲二十四冬外，時間佮我差不多，凡勢閣較長。日本戰敗的時，木下靜涯攏欲六十矣，離開淡水轉去日本了後，食到一百〇二歲，攏無閣再倒轉來過。

頭一擺知影木下靜涯這位畫家，是我佇出版社的時提著一疊一二〇正片，一張一張全是按日本時代台府展圖錄翕落來的得獎作品，誠可惜攏烏白的，其中一件一九二八年的東洋畫，資料標示題名《魚狗》——「魚狗」就是「翠鳥」，台語叫「釣魚翁」，攏佇水垺活動，一支喙長長尖尖，若尖喙鋏仔，真勢鋏魚。

　　《魚狗》的畫者就是木下靜涯，台展東洋畫部的審查員，一九二八年是台展第二回矣。我看著底片彼年是一九九八，七十冬前的一幅畫，畫淡水的相思仔佮釣魚翁，予我真激動，彼全款的一幕景，我嘛捌看過。

　　進前有一擺佮朋友 oo-tóo-bái 相載，對淡金公路幹育英國小彼逝起去，略仔懸崁的地勢，無幾戶人家，沿路有埤仔。少年的時攏袂去想：遐的埤為怎樣會佇遐？埤仔水對佗來閣對佗去？敢有洘埤的時陣？是當時？攏干焦遊山玩水取迌迌。阮騎慢慢仔，沿彼逝路欲彎過一窟大埤，埤岸一欉相思仔，一隻毛色真顯的鳥仔就徛佇頌落來的樹絡，等阮騎倚去，伊嘛翼飛走，已經予阮看著矣。世間就是有遮爾媠的鳥仔：頭毛佮翼股的色若藍寶石，藍甲真鮮沢，腹肚是紅赤赤的柑仔色，配色足大膽。阮毋是瘋野鳥的人，鳥仔捌無幾種，轉去憑印象查鳥類圖鑑才認著，叫「翠鳥」。

　　無意中佮木下靜涯的《魚狗》相拄，敢若收著一張過七十冬才寄到位的光批，黃殕殕的舊風景，藍色罩柑仔色的釣魚翁賰烏白的，彼樹葉是相思仔無毋著，有深有淺，有透早落霧猶未散的水氣。一葉一筆，頭尖尾尖，逐筆攏撇著向、合樹勢，規欉真真真。木下靜涯穩當淡水逐條崙仔行透透，

共相思仔一葉一葉看甲斟酌。傳統畫譜的葉仔無一種是相思仔，欲畫相思葉，畫家愛靠家己親目去觀察，直接落筆掠形，無彼款便的概念通遵趁。

古早的圖錄無標寸尺，毋知這幅《魚狗》長佮闊，我諏鏡攑倚，碏碏繩相思仔佮釣魚翁，無注意著上下底的倒爿角，敢是水芋仔？原來彼當陣就有矣。才知水芋仔是田代安定一九〇一年紮來台灣的，愛著伊淺紫色的花真雅氣，曷知後來會浞甲一四界攏是。角仔彼兩摸水芋仔刁工小探頭，安排個佇遐出現，是欲予人知彼樹仔下底是水面，莫怪釣魚翁會歇佇遐，若準假無意，目睭攏咧相水裡的魚。

釣魚翁覓食的所在，溪水愛有夠清氣，個袂佇淡水河邊參人鬥鬧熱，遐是暗光鳥佮白翎鷥的地盤。我遁著釣魚翁的跡，大概是下圭柔溪佮公司田溪彼中央，有溝有埤，予個真好討掠。個的岫毋是佇樹仔頂，攏是揣彼溪堘直削落去的崁，光擄擄無發草的塗岸壁，跙遐才毋驚鳥鼠佮蛇。釣魚翁愛先奇有姼仔，釣魚翁某同心合力，靠個的尖喙鋏仔那啄那挖，共岸壁撞一空，神祕的烏洞毋知偌深，洞口細細空仔，有夠個軁入去覘，佇內底安心生卵晟囝。

木下靜涯的時代，釣魚翁佇淡水的溪堘應該誠普遍，

才會入伊的畫。我少年的時代，欲看一擺釣魚翁著愛運氣真好。當年阮騎的彼逝路圇一大輾，這馬攏是淡海新市鎮的範圍，整地、開路，早就袂認得彼欉相思仔佮彼窟埤確定的位，想欲佮釣魚翁閣再重逢，毋知愛踮佗位相等。

　　生態工法的溪岸，全鋪彼有硞硞的石頭，釣魚翁的尖喙無個法，無可能來做岫，一般工法鞏紅毛塗的駁岸閣較免講。閣有一款表面假做石駁的擋塗牆，嘛是 khōng-ku-lí 灌模仔的，予人毋知欲哭抑欲笑，人有認真咧假，有要意欲融入自然環境，可惜閣較拍拚就是假袂真。看著遐的有硞硞的溪岸，碰壁的絕望，可嘆青春的翠鳥一去不回。

<h1 style="text-align:center">19</h1>

　　第一回台灣美術展覽會的時，木下靜涯淡水浸四、五冬矣，差不多是我大學畢業的時間，若是我有一場畢業展，會畫啥物題材？

　　一九二七年第一回台展，木下靜涯出品兩件畫作，取材有影是淡水人才會畫的：《日盛》佮《風雨》，一件聽講是金爍爍的六面屏風，透中畫的朴仔跤，樹椏歇一隻鳥，可惜作品失傳去，賰圖錄的印刷畫面；另外一件是澹漉漉的墨水

畫，烏墨點開的樹尾，閬出半爿江山，江面一隻舢舨仔猶袂倚港，天袂輸有光瀉落來，像彼起報頭的雨陣，觀音山無完全，彼巡浮州仔線有佇咧，這是一幅水水水的淡水。

一件是「焦」的淡水、一件是「澹」的淡水，一陽、一陰——我一个全款淡水寄跤的人淺想是按呢，相信木下靜涯是深想過的。

《台灣日日新報》的第一回台展評，對《日盛》的評語：「袂予人討厭，毋過嘛無啥物值得特別提出來會的創意」，兩句話爾，無好無穩。彼寫評論的猗雲頂攑蠓捽仔，有所不知，按淡水人的目睭來看，會去畫彼朴仔，就是不得了的創意——自古到今的花鳥畫傳統，敢有人畫過咱淡水海墘的朴仔？正經欲批評，彼朴仔畫了實在傷過雅氣，予咱頭一下無認著，認著了後煞會生份：欸，這敢毋是咱庄黃家的槿姐仔，當時仔妝甲遮顯頭，金光閃閃，煞日本婆仔款……大概仔這款心情。屏風展開的《日盛》，滿樹朴仔葉，日頭光照落來的金，是紙底貼的金箔，金光閃閃的確真嬌。咱的體會猶未到彼个崁，藝術都毋是干焦嬌。

《日盛》是膠彩畫，是工夫幼點的「日本畫」；《風雨》是墨水畫，畫面講求氣韻。中國畫分南北宗，南宗的文人畫

傳到日本，日本人叫「南畫（Nanga）」，閣就「南畫」的基礎注入寫生的精神，木下靜涯少年拜師就是學這路，不意中來到淡水予水濁著，發見淡水的濕氣佮「南畫」真合，《風雨》就是一件水份節了真拄好的作品，我真佮意的第四回台展作品《靜宵》嘛是，盡靠墨佮水，畫出月光暝靜 tsiauh-tsi-auh 的氣氛，靜甲驚去吵著彼隻飛無聲的鳥。東洋的墨水佮西洋的油彩真無全，「水潑落地歹收回」，毛筆搵澹食墨，紙面一筆揮落現決，敗筆掩崁無路，無像油畫會當沓沓仔疊色。

干焦圖版通看，實在無把握，《風雨》上頭前面的樹仔，敢若「潑墨」的效果，閣看斟酌，該算「破墨」的款，台語「潑墨（phuah-ba̍k）」佮「破墨（phuà-ba̍k）」音真倚。洴色的墨先拍底，畫彼較後壁面、看著較霧的樹椏，才趁水焦猶未離，搵重色的墨寫規大部的葉仔，墨點開，寫出來的樹尾有深有淺有含水，真活氣。「破墨」有幾若種，這款算「厚墨破薄墨」，全一字漢字，閣有「破（phò）」的音，像咧「phò」人的法術，一項破一項。毋過，彼厚的毋是欲共薄的全「phò」掉，個是互相的，有重重疊疊，墨色才會有層次。

　　講著「破（phuà）」，我就想著炊粿師傅，秫米攏會閣透一寡蓬萊米，予粿的黏黐佮飪度閣較拄好。聽講有人縛粽會透在來米——兩種米相透濫，咱台語專用的詞就是「破（phuà）」。「破米」就看按怎破，譬如「三交破」是兩份秫米摻一份別款米，「破米」的比例是各人的 nóo-háu，第一擺共我講「破」的阿桑真得意：「我共你講，我這米攏有破！粿才會遮好食！」到今，這个「破」我猶是無解，佮彼「破墨」的「破」，厚薄相透濫，敢是仝意思？

　　淡水食東北風，寒人勢落雨，開春了後嘛捷捷會落，人講是落甲會癮篤篤的「癮雨」，清明過氣候較穩定，連鞭五、六月黃酸雨就閣來矣。木下靜涯出品台府展的畫作，畫名《雨後》的就有兩件（一九二九、一九四三），前後差十五冬，一九四三年是第六回府展，也是上最後一回，時局愈來愈緊張，展覽會無閣再辦。

　　徛淡水的人，雨落煞，是上蓋歡喜的代誌——「雨後」的心情，逐家誠有同感。捌著木下靜涯《魚狗》彼幅畫的時，發現全年另外一件作品，畫題是《欲好天的大屯》（一九二八），閣一擺予我誠激動：這正淡水的先輩！毋是搵豆油的！

　　畫觀音山的人真濟，畫大屯山的，木下靜涯掠外，毋知閣有啥人。伊毋但畫大屯山，閣是畫「欲好天」的大屯山，完全點著淡水人的要穴。

　　木下靜涯的大屯山群，徛的角度比一九四〇年的《滬尾之丘》較近，《滬尾之秋》是對烏鶖埔的 goo-lú-huh 球場彼爿看過來，畫面上下底閣有兩粒 páng- 瘠 h（bunker），咱土人土話講「沙坑」抑是「沙窟仔」，就無夠專業矣。

　　一九二八年《欲好天的大屯》，按中央彼兩條崙看來，下爿田中央彼逝路，真有可能是北新路。下底倒爿角的水梘，我毋捌看過這款的，作用敢若是共沖落來的水承咧，予伊斡一个向，注入梘喙下爿咱看袂著的橫溝，這是我按呢臆。彼圓篷拄好切著樹椏，處理了實在無蓋好勢，毋過就是這港覕咧角仔的山泉，予這幅畫有聲音，「山中一夜雨，樹杪百重泉」，天光，雨知停，山壁的水潺潺流毋知停。大屯山欲好天矣，雲規大領猶崁咧，彼雲，若像有咧滾動，滾足慢足慢，是漸漸欲散 -- 開，抑是絞欲閣激雨？烏白的圖片感受袂著色彩，想講彼樹仔逐葉抿甲清氣離離，斷點塵的青綠山水，有靈氣咧行。心著水傷的淡水人，懷疑敢有影欲好天矣，驚閣是閬較久的雨縫。

　　《滬尾之丘》的大屯「山」佇畫面上懸頂，滬尾之「丘」
占下爿規大片，「山」佮「丘」的敆逝，一板雲氣若橫紗長
長遮過，彼是空氣較寒凍的早起，兩百公尺左右的低層雲，
濕澹的水氣積佇彼「山」趨落來欲伸長變「丘」的彎拗跡。
淡水有五「丘」，球場的烏鶖埔欲算第一抑第五？遮是清國
時代操兵的營地，砲台起好叫「砲台埔」。阮淡江彼「丘」，
烏鶖起歹啄人頭殼是出名的，熱人孵卵的節氣，鳥公鳥母
顧岫顧囝，小可磕著個的地盤，一下拍翼飛出來隨頤落來
趕人，歹衝衝毋放人煞，連比個較大隻的鷗鴶嘛予啄甲叫
毋敢。淡水一四界有烏鶖，為怎樣砲台彼「丘」特別叫烏
鶖埔？我臆，「烏鶖」敢會是咧講遐的官兵？烏鬃？會按呢
想，是捌佇劉家謀的詩讀著「鵁鴒仔」，清國時代無業的散
凶人，對長山綴兵船過台灣，牢咧台灣無轉去的，就牽叫
「鵁鴒仔」，阮屏東的謠內底一句「無翁嫁鵁鴒」就是。用
鳥仔來講人，是真有可能。

　　近海的 goo-lú-huh 球場，風加真透，淡水的氣候閣較歹
剃頭，有能力對老球場出腳的選手，攏是世界級的台灣之
光。木下靜涯敢嘛有咧拍 goo-lú-huh？像這幅《滬尾之丘》
的情景，無雨的冬天的早起，遠遠眺望大屯山，毋知伊心內

想啥，我想著伊的大漢後生前一年過往，才二五歲，閣前一年是伊的夫人著腸仔熱，告別式佇舊街的和尚間。這是後來有文字資料才有的了解。初見著這幅畫的烏白圖片彼時，直接感受著的是氣氛，我真熟的山，我真熟的丘，哪會遮爾寂靜。

<h1 style="text-align:center">20</h1>

　　西洋畫上蓋堅固的根基，是徹底到極頭的「寫生」。十八世紀的日本畫家受歐西文化刺激，佇京都發展出真重寫生的日本畫派，原本裝飾性誠強的膠彩畫，抑是寫意較贏寫形的墨水畫，取材佮表現手路那來那寫實，這港潮流佇日本漸漸時行。日本提台灣三十二冬了後，官方欲佇這塊無半間美術館佮美術學校的殖民地辦美術展覽會來「展」的時，日本畫「寫生」的價值觀，變成台展東洋畫部一个無講破的品評標準。台灣自來的書畫傳統是對長山趁款，一下改朝換代嘛愛總捒，改若新品種的東洋畫。

　　木下靜涯出真濟力推捒台展，從第一回就擔任東洋畫部審查員。佇一年一年台展入選的烏白圖版裡，有一个畫家的題材予我特別好奇，哪會畫《關渡附近》、《成子寮》、《西

雲岩風景》？原來是鷺洲庄和尚洲的人，名叫蔡秉乾，一个有漢學底，也有受新式教育的生理人，捌伫中國拜師學畫，轉來台灣畫鯉魚真出名。我發見伊佮木下靜涯同庚，攏是一八八七年出世。

《關渡附近》（一九二九）是台展第三回東洋畫入選的作品。烏白的圖版略仔霧矣，畫裡有淡水河，有台灣厝，上懸彼棟的厝尾有俏脊，毋過無成媽祖宮。畫面正中的港岸開一逝路趨落來，彼个跡是渡船頭，一隻雙槳仔拄到位，船頭一个人準備欲跳上岸，船尾的人閣咧划。遐是干豆的佗一跡？後來看著一九二一年的地圖，基隆河佮淡水河敆流的所在，「獅象扞門」的象鼻頭彼个角，下底一个 ✍ ，這個記號是渡船，而且是「人馬渡」，航線過八里到獅仔頭的外鼻，另外一線到社仔尾的浮州，有人講是過港汕──蔡秉乾畫的是干豆的渡船頭無錯，港垺的坎仔跎起去，正幹，順彼排人家厝直迵去，就會到干豆媽遐。

認著干豆渡船頭，誠歡喜，共一百冬後的地圖疊起去，港垺煞已經削倒退去，畫裡的大瓦厝，毋知當時毀去的；港跤的石駁，無簡單的工事，毋知佗一年造作，是採唭哩岸石抑是觀音山石？看著閣敢若大粒石卵，今沬水落去毋知敢閣

揣有。帆船過干豆門的情景，予我想起淡水前輩周明德寫過
的「內東外北」，彼是駛帆船佇淡水河出入的古早人傳落來
的口訣：起報頭的時，以干豆為界，台北盆地「內」吹「東」
風，盆地「外」的淡水河口吹「北」風。現代人冷氣吹會涼
上要緊，自然風吹佗一向毋免知影遐濟，凡勢掠準是拍麻雀
的僻話。

　　朋友 H 佇干豆躘過一站，講伊發現一个所在有夠讚，
叫我一定愛去揣伊，伊紮我來去。彼工過畫，阮兩个對媽祖
宮前過港仔，長長一逝駁岸看袂著尾，干焦岸頂有跤路，雙
爿全湳仔底佮紅樹林，失跤跙落去就好勢。日頭猶遮猛，鳥
仔敢咧戀出來做戀鳥，當然歇畫較贏；我的頭殼內，煞有梵
谷的烏鴉規陣佇阮頭前飛，á、á、á，這款孤一逝長長長透
流的狹路，佮密室驚畏症全款的質性。H 佮我攏對彼條路走
脫矣，煞優雅的下午茶毋啉，來這駁岸頂曝脯。

　　H 搬出來躘了後，悽慘讀小說、看電影，繼續畫圖，袂
輸欲共較早顧大家顧翁顧囝顧甲拍毋見去的家己，攏總補倒
轉來──「悽慘」用佇遮，是佮「夭壽甜」的「夭壽」全款，
台語人就知意。想起多年前，一位臭屁文青私底下開講捌按
呢品：伊若是欲交女朋友，第一無愛的就是藝術家。少年的

時聽著這款話，心情閣會不平；這馬若閣聽著呢，連顬悶都無，喔，上好是按呢啦，知影家己欲挃啥就好。千算萬算，予恁遮的勢算的人無算在內，是阮的福氣。

總算行到駁岸盡磅，H炁我去的彼个所在叫「八仙」，無幾戶人家，靜 tshinn-tshinn 的港仔墘，舢舨仔兩三隻縛咧港跤，駁岸邊樹仔向低落來，有蔭真秋清，樹仔跤幾張髓椅清彩坱，猶未有人來坐。透風的過晝，阮遮早出門是著的，一條港仔倒照浮雲的天，下晡兩三點的光、三四點仔的光、四五點仔的光，天頂一條仔雲徊過的光，光線規下晡無一時刻相全。對基隆河到磺港溪，草色翠青的仙境，彼時洲美快速道路猶未有，轟轟吼的車聲猶未來。阮閒閒無代誌佇遐趖規下晡，原路閣轉去干豆，敢會已經過十年矣？所在靜甲時間攏擋恬。

這也通算是我的《關渡附近》。干豆門的地理，若像查某人的子宮頷，彼逝駁岸來去，袂輸做一擺抹片。少年去過的所在，袂想欲閣再重遊，會當閣倒轉去的，就毋是仙境矣。

21

《關渡附近》畫的是干豆渡船頭，《成子寮》（一九三〇）嘛是，成仔寮佇五股，當年的渡船頭是現此時凌雲路尾過64快速道路跤，接塭仔圳遐。

H 蹛干豆的時捌共我講，彼獅仔頭遐予國民黨炸開，害洲仔尾規年週天咧淹水。我知洲仔尾是洲後村，佮成仔寮隔一條塭仔圳爾，「最後的洲後村」這我有印象。九〇年代起來台北的時，二重疏洪道就鬧熱熱矣，「喂～綠色和平你好！」，這句電台節目 call-in 接起來的話，到今想著二重疏洪道的時閣會家己跳出來，綠色和平就佇中興橋頭，二重疏洪道邊仔。「彼獅仔頭予國民黨炸的」，嘛是九〇年代的講話方式，會當規心全力姦撟一個對象就好，彼陣猶未有人蹛中壢姓李，齒盤後壁面嘛無才調像這馬，覕規大揜的人，街頭運動佮選舉場沖沖滾，現場攏閣聽會著嬈氣的台語。

真濟冬後，我才知影彼粒獅仔頭到底對佗炸，原來是有一大粒捅出來的鳥踏石。較早打狗港嗾共雞心礁磅掉，無聽講內海仔水文有大改變；八里獅仔頭的鳥踏石炸掉，影響竟然遮大。「國民黨」會炸獅仔頭，是一九六三年葛樂禮風颱做大水，歸咎是干豆門傷狹，水瀉袂赴，欲治水，著愛共門

喙弓較開咧。

　　若欲用風颱來分，我屬「賽洛瑪」世代，「葛樂禮」是離真遠的歷史名詞，毋過自從聽過一位前輩講一擺了後，規个足有畫面。前輩講，伊就是葛樂禮風颱過的隔轉工來到台北的。彼就像林強的〈向前行〉唱煞，對台北車頭出來，哇咧，規路的樹仔佮招牌東倒西歪，塗跤全瀀糊仔糜，醬瀀瀀、臭 kōonn-kōonn。風颱尾，大水小退矣，家家戶戶厝內外攏咧大摒掃，市內公車無車幫，借蹛的位佇三重埔，只好行李捾咧對火車頭起行，靠步輦過台北橋，橋跤的大水掣濁濁驚死人，橋嘛是著愛過。台北的第一工，拄著這款情形就真正有難忘。無像我干焦會記得落車的第一頓，佇忠孝西路的肯德基點一份套餐，雞肉炸、飲料佮兩粒比司吉全擽了了，共人驚著家己攏毋知。

　　話頭閣摁倒轉來成仔寮。我大學《台語概論》老師陳恒嘉，阿嘉仔，閣佇咧的時，若是康軒開會，散會拄好會當予我搭便車，我蹛淡水，彼幾年伊蹛比我閣較遠，佇水梘頭的櫻花村，有一站閣搬去到三芝，實在傷過頭遠矣。對新店到淡水，長長的路途若像公路電影，阿嘉仔老師蓋有話通講，規路攏袂無聊。伊真愛走五股這逝：環河快、1 號高速、

五股交流道落來，彼當陣猶未有 64，攏是走新五路佮成泰路，成泰路入成仔寮，規排舊落的透天厝，另外一片應該是洲仔尾的空地，暗眠摸。對成仔寮開始，蓋成電影欲到戲尾仔矣——路開始上崎，順獅仔頭的山勢起去，正手爿下底展開規大幕烏歔歔的淡水河，蘆洲、社仔、士林，台北盆地的燈仔火若錦盒仔無夠貯的珠寶，散掖掖規大片。

阿嘉仔老師已經講規路矣，這个時陣嘛是閣有精神，報我看外口，逐擺攏會講：「我上國文課，攏會共學生講，共個講遮，遮，你共看，這就是『二水中分白鷺洲』啦！」——彼可能伊以早佇士林高商教冊的時矣，見擺伊的「二水中分白鷺洲」攏會轉華語。

大幅的「二水中分白鷺洲」彎過去，關渡大橋就佇頭前面矣，公路電影欲煞戲的氣氛閣愈有，到竹圍仔，電火著矣，放戲尾仔曲矣，到阮兜樓跤閣講猶未了的話，像工作人員佮感謝名單閣咧走，毋過咱愛來去便所矣（落車），後一改開會才閣再會。

彼年二月的春酒，阮「閩語組」佇新店中華路一間餐廳家己一桌，散攤，阿嘉仔老師愛閣去別位，我家己坐捷運轉去淡水。中華路佇捷運「新店區公所站」邊仔，路無偌闊，

逐間店生理攏真好,雙爿人行道種楓仔,二月,黃點紅的焦葉落猶未離。行到中華路頭,我閣有想著劉其偉劉老,伊在生的時,就蹛路的斜對面巷仔底。彼擺食桌,想袂到是我最後一改看著阿嘉仔老師,就無閣再會矣。看著都真勇健的劉老嘛是,明明幾工前才收著傳真,寫來的字逐有精神、逐古錐款,人煞一下喝走就走。

毋知我有記毋著去無,阿嘉仔捌講伊佇成仔寮佮人相拚,倒佇路邊睏去閣醒來,佳哉無代誌。伊是寫小說的人,語言能力發達,人看起來忝甲無力無力,hăn-tóo-luh 扦咧,嘛是會當有的無的沓沓仔講規路。逐濟話我有認真咧聽,毋過會記得的,也是一兩句仔彼款,編語錄嘛袂周至。

「欲寫有物件,就是愛逐工一个固定的時間,一个固定的所在,坐落來就寫、坐落來就寫,按呢才有法度⋯⋯」像伊佇貢仔寮國中教冊彼時彼款狀態。

有一擺我問伊,對「趁錢」有啥物看法?敢相信咱人一世人的糧草攏註好好?

「這喔⋯⋯這,這欲『趁錢』、『趁大錢』,彼款就像一个人無小心去捒著一粒『神奇的開關』,錢就一直流一直流出來⋯⋯」

　　啊，伊熟似的人，有啥物人有去揶著彼粒「神奇的開關」？

　　九點外欲十點的台北，第二水的下班潮，逐家袂輸欲疏開，車攏向市外去。伊小愲 -- 一下，講有，m̀，王榮文。袂記得伊講是出佗一套冊矣，我干焦印象足深，伊親目睭看著，彼規房間滿滿滿的訂單，門開 -- 開行袂入去，規塗跤攏總是訂單，規間的。

　　「彼粒『神奇的開關』就佇這个世界某一个所在！」這是彼工的結論。

　　阿嘉老師講這句話的時，拄好建國北路尾欲擴落去，彼擺路線是走士林。車海茫茫的夜台北，彼粒開關毋知藏佇佗位，阮攏足希望無小心去揶著。

　　見擺開講，真自然對 update 近況開始，有一擺講啊講，彼站仔日子聽起來袂穩，有好運、好代誌、好朋友、好酒，「按呢，真快樂喔！」伊笑容維持咧，停幾秒，毋知咧想啥，才紲落去共我講：「這猶無算真正的快樂。」

　　想袂到忽然間會轉斡：「曷無咧？按怎才算真正的快樂？」我問。

　　伊略仔頓蹬一下，彼下足成食酒醉的時，話欲講講無啥

會出來，閣敢若咧思考啥物，才勻勻仔吐一句講：「這喔，也是愛『進德修業』，才會有真正的快樂。」

「進德修業」才有真正的快樂！——這个答案不止仔嚴肅，佇這齣公路電影裡，敢若雄雄跳 thóng，我攏無想著。毋過想真，閣誠實有影。

最後一擺坐阿嘉仔老師的車轉來淡水，過干豆橋入竹圍仔矣，佇戲尾仔的氣氛裡，車經過家樂福，伊「唏好鬥相報」，講家樂福有咧賣一種「養命酒」，唏著袂穩，伊進前有買一罐，轉去，師母看著講，啊欲過年矣，毋就原仔紮一罐轉去予老的！所以伊另日閣欲去家樂福加掅一罐。

阿嘉仔老師目睭微微，笑文文，永遠遐爾好笑神，才咧歡喜唏著「養命酒」，煞無通閣再養落去。濕寒鬧熱的年兜氣氛，紙篋仔紅記記的日本養命酒，予人想著愛哭愛笑。

最後彼幾擺開講的話頭，攏先 update 伊的安家美夢。伊佇沙崙欲往大庄遐的「安家帝景」訂一戶，二樓，露台捅出去，下跤就是人的菜園仔，看人佇遐種菜足好。伊閣沿砲台公園的城岸跤去揣，相著一間紅磚仔舊厝，想欲稅落來囥冊，做工作室。伊歡喜甲，講伊彼年是咧行「家／嘉」的運。我知影伊講的跡，遐是淡水的平地真難得閣有人佈稻仔

的田地，親像縮小版的干豆平洋，遐應該是通淡水離伊的故鄉彰化溪州上蓋近的所在矣。

台灣的大學裡，頭一擺開《台語概論》選修課的，就是阮淡江中文系，任課老師就是陳恒嘉，課堂用書是王育德的《台灣話講座》，真濟外系學生來修。

阿嘉仔老師二〇〇九年二月二五過身，扻好二二一母語日佮二二八這中間，嘛是淡水的櫻花當開，共澹潤的山妝娗甲色水上嬌的時。

話頭閣搝倒轉來成仔寮。我的《成仔寮》無「鷺洲村人」蔡秉乾畫的渡船口，干焦有暗暝，長路的尾站，「二水中分白鷺洲」的燈仔火洋。過往的故人，講話的音波佮頻率，予我真數念。

22

干豆、成仔寮，是我本底就知的地頭，「西雲岩」無仝，是看著蔡秉乾的《西雲岩風景》才捌的。

這幾年炒熱的洲仔洋重劃區，新大樓聽講嘛愛三字頭甚至上冊，想袂到山頂墓壙濟，山跤嘛貴遮濟。洲仔洋公園對面，「西雲禪寺」的山門就佇成泰路邊，映佇樓仔厝中央，

一條真普通的巷仔口。巷仔入去，過西雲路，人家厝後開始上崎，彎彎的山路邊攏有好風水，過公墓閣彎一个崎起去，才到西雲寺。

　　原名用「岩」字，意境敢無真好？「岩」有「gâm」佮「giâm」兩音。咱自本是講「岩／巖（giâm）」、「巖仔」，屏東萬丹上有名的赤山巖，全款拜觀音佛祖，並無變做「赤山寺」抑是「赤山禪寺」。「岩」是天地生成的山石，全音的「巖」也是清修的道場，「禪」既然不可說，規氣就莫說，予咱共「岩／巖」扶轉來，「g」的音攏欲無去矣。

　　當年（一七五二年）獻地起西雲岩的胡焯猷，是一位貢生，也對醫術有研究，伊按汀州永定來淡水廳新莊的山跤開墾，墾戶變富戶，彼時淡水廳文風未啟，有心向學的子弟，著去到彰化抑竹塹才有學校，胡焯猷捐出正身五間透、護龍十二房的大瓦厝，設義塾，閣掛八十甲的水田逐冬租穀約略六百石，差不多是伊財產的三份二，做義塾的維持費，就是「北台首學」明志書院。胡焯猷食老的時，佇西雲岩隱居，嘛佇西雲岩壽終。

　　汀州佇福建西爿面的內山斗底，汀江彎彎幹幹敨韓江，閣彎彎幹幹流到潮州汕頭出海，抑是個有另外的山路對漳州

廈門出來？路途攏有夠寫遠，莫怪真需要一間會館。淡水的
鄞山寺（一八二二年）就是汀州人的會館，較晏西雲岩七十
冬，七十冬已經是過兩代凡勢三代人矣，定著彼陣過台灣的
汀州人袂少。汀州永定屬客人的縣份，汀州人來到淡水鄞山
寺歇跤，才看欲對三芝、石門抑是新莊、枋橋去發展。

　　我閣佇早餐店彼時，頭家娘後來有加倩一个跤手，真
好鬥陣的同事，福建嫁過來無幾年，徛家嘛佇阮店附近，生
一个後生有大家鬥扶，出來揣一份工課趁寡私奇。有一改我
問伊後頭佇福建佗位，伊講永定，答案予我真意外，毋就汀
州，毋就客人？——伊攏共人講伊福建來的，無人想著伊是
客人，個佇永定攏講個永定的話。「汀州」、「永定」，對
彼時的我是歷史地理名詞爾爾，雄雄身邊出現一个對遐來的
人，袂輸是開任意門迒過來的，真奇妙。我問伊敢知鄧公路
的鄞山寺，伊猶毋知，我共報，遐廟埕誠闊，會當扶囡仔去
予走迌迌，彼間寺是古早來淡水的汀州人出錢起的，厝頂的
剪黏真好看。

　　鄞山寺的「鄞」，我後來才知愛讀「gûn」，汀江舊名
鄞江。罕見的「鄞」字，我有一份特別的親：阮潮州苦瓜寮
（五魁寮），通庄百分之九十姓「鄞（Khîn）」，阮查某祖就

姓鄞，這字真少人姓，聽講干焦阮潮州佮彰化埔鹽有。鄞山
寺佮鄞姓是無關係，煞致使我一直掠準是「Khîn-san-sī」，
毋知是「Gûn-san-sī（鄞山寺）」。

　　淡水的鄞山寺佮五股的西雲岩，個攏是古蹟矣，攏起
甲真大範，真婿，佇蔡秉乾的《西雲岩風景》裡，我看上久
的，顛倒是上下底彼間捅一半的草厝仔。

　　我佮意蔡秉乾畫的草厝仔，《成仔寮》渡口彼三間，淺
籬薄壁，畫甲真斟酌，佮《西雲岩風景》這間全款，厝蓋攏
崁草，毋知是茅仔抑是菅仔，干焦會當確定毋是甘蔗箬。

　　一个佇興福寮稅古厝徛的朋友捌講起，講較早興福寮人
攏會起去山頂割菅草，擔落來崁厝頂——彼當陣我想：興福
寮誠懸矣，敢著一定愛起去到山頂？是有較懸佮濟？總是庄
內老輩攏按呢講：山頂較寒，菅草品質較好，崁厝蓋愛用山
頂的菅草。想著興福寮閣起去彼逝崎路，菅草一攕一攕全靠
攕擔擔落來，實在真無簡單。

　　我去興福寮彼時，庄內早就無半間草厝仔。菅草有分，
秤上粗的是菅蓁，葉仔較大板的是大菅，上適合崁厝頂的是
幼菅。十二月天，花穗開了矣，幼菅骨漸漸失水轉黃，較柯
燥的時來割上拄好，擔轉去厝，鋪門口埕曝日曝甲焦透，才

按遮的草料，共舊厝蓋換新，平均差不多三年翻兩改。十二月的淡水，毋知有出有幾工大日通無閒遮的工。

《西雲岩風景》裡的草厝，菅仔敢嘛著跖到觀音山頂割？李献章整理的《台灣民間文學集》（一九三六年）就有拈一首：「風吹菅芒雙爿磨，觀音對面大屯山；咱哥長目短目看，聽著聲音割心肝。」佇五股流傳的版本無啥全，最後一句是「聽著娘聲割心肝」，「聲音」毋知啥物聲，風的聲、草葉的聲，嘛有可能是「娘聲」。彼人攏是佇觀音山，敢是欲來割菅仔，無意煞一聲割著心肝？唸謠裡的觀音山，無現此時臭頭爛耳遮濟墓仔，山頭應該是佮大屯山親像，規大片菅芒。咱婿面諏想，彼觀音佮大屯是約好欲做伙老，逐年秋天相對看，頭鬃講好做伙白，是山河為記的甘願字。

西雲岩下爿這間草厝，無竹管仔柱，竹箅仔壁嘛無上塗，我毋捌看過這款的，敢是有特別用途的寮仔？壁無糊塗的竹箅仔厝，佇張文環的小說〈夜猿〉出現過：「一家口仔四个人上眠床了後，這間孤厝若沉落暗夜到貼底全款，這時對無糊塗、全全空佮縫的壁看出去，滿天星也金焱焱眨眨咧閃爍，對四箍圍傳來山裡禽獸敢若誠歹眠的啼叫，岫夆占去的鳥仔哮啾啾，佮彼貓仔（bâ-á）bang去的鳥、下性命撲翼

欲翻走的聲。」小說裡的這家口仔,是一對翁某生兩个查埔囡仔,翁決定對街裡搬入內山經營分著的竹林,拍算生產竹紙佮筍乾。彼間厝的壁「無糊塗」,咱想,敢就是《西雲岩風景》這款竹算仔厝,厝後可能嘛像畫裡按呢,有竹篙絡架竹篙,晾大人囡仔的衫仔褲。

《關渡附近》、《成子寮》、《西雲岩風景》,蔡秉乾相連紲三回台展入選了後,就無閣再參加。我真想欲知影,若是伊繼續出品,會閣畫佗位咧?——佇這場日本人、日本畫的比賽裡,一个台灣人閣行落去,上遠通行到啥物崁站?

一九三二年第六回台展,第一擺有台灣人擔任審查員,西洋畫部是廖繼春,東洋畫部是陳進,是一个比木下靜涯佮蔡秉乾少年二十歲的姑娘仔,彼年嘛真濟第三高女的學生入選,時代有影是無仝款矣。

「蔡秉乾」倒轉去「蔡九五」的名,倒轉去傳統書畫的天地,倒轉去伊畫甲活靈靈、無人有的鯉魚。總是我執迷,念念不忘的也是干豆附近、成仔寮佮西雲岩,真希望有優秀的畫家,畫出我從到今攏毋知影的,「二水中分白鷺洲」彼塊土地上的風景。

23

一八七二年，馬偕來到淡水的頭一个熱天尾，一工透早，佮伊的頭一位學生阿華，兩人搭渡船過淡水河，相佮去跙觀音山。山頭一四界全懸聳聳的草，草葉堅利閃閃袂輸剃頭刀，小予捆著爾，隨割一巡。馬偕佮阿華一路予草割甲雙手血，最後起去到上盡尾，對千七呎懸的山頂看落去（照講是有六百十六米），山跤的淡水河、遠兜的艋舺平洋，四面八方的光景攏真大氣概，血猶咧泏的手煞袂記得疼。

馬偕佇回憶錄提起初登觀音山：學生阿華對伊這款單單為著欲賞風景來跙山的心適興，無法度理解。佮所有其他中國人全款，阿華看無大自然的媠，頭起先對山跤的景緻閣會略仔膽膽，毋過，伊的感受力是暫時睏去並毋是完全死絕。個全齊佇山頂吟聖詩，上尾一葩唱猶未煞的時，創造天、地、海佮萬物之媠的偉大聖神，觸動阿華的心靈，攪捼伊天性內底至深的跡，這是「媠」落塗的生辰，新出世的靈魂這馬有目睭佮耳，通領受上帝創造的信息──自彼霎起，阿華變成一位虔誠的學生，一个熱心愛大自然的人。

大自然的媠，在馬偕的信仰是出佇上帝創造。中國人的世界有皇帝無上帝，大自然是天地造化，頭頂戴的「天」，

有疼戀人的「天公」，毋過並毋是造物主。「天何言哉？四時行焉，百物生焉，天何言哉？」，孔子公這段話，攏會予我想著彼無咧講話的相欠債翁某，煞嘛纓纓纏纏囡仔生一大陣。聖賢的話偍理解，就一般平常人的生活來想就好，佇馬偕彼个時代，啥物款人有才調為著遊賞來跮山？手面趁食的，三頓都咧顧袂離，無彼款迆迆命；有閒工的富戶人，淺山是土匪岫，深山林內是番地，性命寶貴，蝹佇厝裡做鴉片仙較贏。想真，彼西洋人來台灣跮懸跮低，敢就單單欲欣賞大自然的媠？

　　回憶錄寫著個過河了，先拜訪一間廟的和尚，才開始跮——彼間廟毋知敢會是西雲岩？若是，渡船就是坐到成仔寮。干焦寫著個過河，嘛有可能全這馬淡水過八里，對八里渡船頭起行，切牛寮埔彼逝；彼逝我捌行，石碣仔路加有夠崎，比硬漢嶺較硬篤。西雲岩、凌雲寺的路線從清國時代就有矣，西雲岩是外岩、凌雲寺是內岩，加蓋有人跤跡。馬偕跮觀音山彼時，沿路猶無偶像，山頂嘛空空，連一粒三角點都無，干焦風吹菅草嘎嘎叫的大自然，一个卑微的受造物起去到遐，起去到遐，的確會感應會著至懸上帝。

　　日本人來了後，臨時土地調查局的地籍三角點（一九

〇三年）、陸軍的陸地測量部三角點（一九〇九年），攏佇觀音山頂「釘點」。一九二六年，有日本人發願設立「台北西國三十三所觀音靈場」，沿西雲寺到凌雲寺的山路，立三十三尊石觀音，掛基座約略三尺懸，閣五十公尺外就一座，逐座的觀音攏無仝款式，石雕風格誠日本味。現此時，有番號的三十三尊石觀音干焦賰十二尊，其他的攏毋知當時失蹤去，有老八里人捌佇台北的日本料理店水池仔邊看過其中一尊，這也算是「觀音出山」，這批石觀音拄好佮黃土水的木雕《釋迦出山》仝一年，攏平濟歲。

　　觀音山頂原本有一座上大身的觀音佛祖，徛懸懸，面向正南方。為怎樣是向南？——以早玉山頂的于右任像是向西。高中時代會當報救國團的活動矣，我高一歇熱就共報玉山登峰隊，對塔塔加鞍部行到排雲山莊，隔轉工早起攻頂，上落尾過碎石鉼的大趨崎彼段較有成咧跙山，鐵鍊仔搦牢牢，手毋敢放，跤底若一下踏差脫落去就穩矣。喘怦怦起去到上懸頂的時，熱天的早起，日頭早就出來相等，萬里無雲萬里天，誠好的風日，中央山脈的筋絡逐條看現現。彼陣新中橫當咧開，一刀劃 -- 過，必開的黃塗逝，空喙毋知當時才會好。無偌闊的玉山頂，于右任的銅像佔大位，面仔向西，

按伊的遺願，眺望伊日思夜夢的故土。一支山的山尾頂，可
比一齣連續劇的完結篇。台灣上懸的玉山，彼是至聖所，是
上蓋莊嚴的大齣戲，戲尾煞佮我細漢的作文全程度，頭前寫
啥物不管，最後一定愛牽對反攻大陸。

　　單單為著趣味來跖山，自馬偕了後，可能就愛到日人的
大正時代矣，番地猶無遐簡單入去，毋過土匪攏已經電甲死
殗殗，一寡踮台北、基隆、淡水的日本人，開始時行跖附近
的山做議量、鍛鍊身體、滋養精神。一九二六年的十二月初
五，「台灣山岳會」的成立大會就佇冬尾雨毛仔霎咧霎咧、
罩雲也罩霧的觀音山頂舉行，山岳會的設立趣意書，話頭真
大派：「登山須為偉大國民的年中行事之一」。看著日本人
遐有理想的宣言，咱嘛真想欲做「偉大國民」，毋過彼愛先
出世佇「偉大國家」，有力共人的聖山佮獵場規碗捀過來變
家己的國土。

　　觀音山頂的佛祖，聽講佇一九六〇年左右就無去矣，毋
知下落，這馬嘛敢若無人會記得。現此時的「硬漢碑」，閣
加一座「硬漢嶺」牌樓，是山跤的憲兵學校為著訓練學生，
佇一九六二年起的，連三角點嘛破壞去。慈悲的觀音上蓋軟
心，觀音山的山尾頂煞變甲遐「硬氣」。救苦救難的菩薩，

連家已都無法度。風吹菅芒，硬漢敢聽會著娘聲：硬挽的果子袂甜，硬焐的某袂愛你。

24

玉山頂的于右任像，佇遐踈三十冬，才有人出手去共僫倒，挨落萬底深坑。彼當陣我大學出業食頭路矣，聽著這條新聞，有人替咱做咱做袂到的代誌，足爽的。

大學一年參加登山社，去一擺迎新就無閣再繼續，知影家己有限的時間無法度下佇遐。彼年迎新是暗時起去二子坪，日時對向天池、興福寮落來，行後山到淡江。菜鳥仔對地理完全無概念，路裡無意中對老鳥踮拄著一个詞：「巴拉卡」，暗記在心，因為伊講「巴拉卡很漂亮」。

巴拉卡公路有影真婧，對北新庄仔起去，彎彎斡斡盤過大屯山鞍部，佇礦窟（小油坑）接陽金公路，才對草山落去士林抑北投。毋過就佇杜聰明故居的車埕過，百六蔓閣再過，無偌久，于右任的墓一大門就佇遐。路邊的樓梯有較崎，踮起去到頂懸才是墓埕，風水向西北，淡水到三芝的海岸佇下底，大開盡展。我佇玉山頂拄著伊，來到這海角山涯也拄著伊，一个想思念故鄉的老人，百年歲後佇別人的故鄉

佔遐好的所在——無法度，人有夠力。聽講後來，著到孫文
的大囝過身，原底欲葬佇竹子湖，杜聰明一下知，不得了，
無出面反對袂使。

　　礦窟往草山的落崎路，正手爿的山斗就是竹仔湖。這个
「湖」是較平坦的土地無錯，毋過嘛確實，竹仔湖佇三十五
萬年前有「湖」，是火山爆發的岩漿涼去，積水一大窟窒牢
咧，年久月深，湖堘蝕一大隙，水瀉焦去，現出今仔日的地
形。竹仔湖的「竹」是箭竹仔，一枝像弓箭的箭桿遐細箍，
箬仔攏袂落，顛倒會共竹箶包咧，可能東北風傷透矣，毋甘
伊一領衫都無穿，薄薄一重箬仔皮嘛好。

　　箭竹仔筍是食春秋——佇陽明山國家公園的範圍內遏箭
筍仔愛請牌，逐年二月十五到四月十五，八月初一到九月
底。這期間若好運，佇淡水的路邊就看會著人擘筍殼，免拚
到竹仔湖的野菜餐廳，就食會著上鮮上幼的箭竹仔筍。咱感
覺彼是大屯山這隻刺蝟的尖刺，毋過擘開了後，逐支筍仔心
遐爾幼，攏是大屯山的塗肉汁。

　　海拔六百七十公尺懸的竹仔湖，三面有山圍屏，若正身
護龍的古早厝：正身小觀音山，龍爿護龍七星山，虎爿大屯
山，大埕拄好是竹仔湖，埕斗開喙向南。「觀音山」佇淡水

河邊人人捌，「小觀音山」煞遮閉思，覕咧大屯山後，漢草
明明比觀音山懸大，名號煞顛倒居「小」。小觀音山頂凹一
大窩，千二米闊的「大塌崁」，是台灣上大的火山口，無踮
起去到上懸頂根本看袂出來──研茶綠的山陵，佇日頭跤真
溫柔，予人袂記得無始劫以來的爆燥，瞑火暫滅，就是小菩
薩。

　　日本提台灣了後，嫌台灣米袂孝孤，一心欲佇台灣佈個
「內地種」的日本米。台灣自本干焦有㾀米，就是咱的「在
來米」，米粒仔尖尖，煮熟袂䭕；若無就是秫米，圓秫仔、
長秫仔攏誠有黏性，會當炊粿、縛粽、煏米糕。日本人慣勢
食的彼款，適合做 sú-sih 的日本米，佇台灣平地完全袂活，
經過一、二十年苦心試驗，才佇台北市外氣溫較涼冷、地勢
較懸的山田，譬如淡水、小基隆、金包里、頂雙溪、士林
遮個所在，略仔有通收成。全彼个時，在來米已經改良甲較
圓粒，銷內地破日本米賣嘛準會過，有利純，台灣日本米強
欲拿放棄，佳哉農業專家研究心有徹底，綿爛實驗佮實地調
查，掠著改良栽培方法的鋩角，予日本米會當先落來士林北
投的平地，對台北州的水田開始湠出去。

　　日人時代，「內地」佮「本島」變做時行的名詞，連作

稽人嘛講咱的在來米是「本島仔」，毋過，日本來的粟種就無講「內地仔」，是叫做「落地仔」——敢會是「內」的音走去？抑是外來的物種「落地生根」，咱生成有按呢講？佮咱的「本地仔」做一對，意思真好。「落地仔」日本米落來平地，碰著一个新問題，因為田常在佮「本島仔」相隔壁，弄花的時，粉去交著的機率真歹講。「落地仔」的品質欲有專，袂去透濫著，反種去，定著愛設專門採種的田。這个想法當時猶無幾个人有，技手平澤龜一郎進前佇加蚋吧插甘蔗，負責活新品種的蔗栽，園仔股攏愛隔開，伊想，稻仔欲採種的田嘛全理路較著。

一九二一年熱人有一工，平澤綴頂司對草山欲去金包里揣稻種，半途中踮到七星墩頂懸歇晝食便當，目睭掃過山跤的時，發現對面的湖底有坪仔田，一坵一坵，外圍拄好攏有低崙仔箍起來，這个發現予伊非常暢樂，心內大聲喝：就是遮！遮就是採種上好的所在！——遐爾確定、遐爾激動，咱人的一生中，這款時刻真罕得，像馬偕看著上帝欲愛伊做工的淡水，像戴仁壽為癩瘋病人走從，揣著八里海邊山坪的長頭坑，「就是遮！」的堅信佮歡喜。

平澤倚七星墩看落去的水田，就是竹仔湖，原本屬番

社地，乾隆年間才有長山人來開墾。一九二三年起，竹仔湖
46 甲左右的水田，袂當閣佈「本島仔」在來米，攏總轉作
「落地仔」日本米，變成欲留種的「原種田」。逐年舊曆三
月，粟種分予農家，下鹽水過淘，取沉底的有粟，冷泉水浸
一工，才閣擔去過五十度的硫磺水，予殺菌、催芽。竹仔湖
有清氣的山泉，水量真冗剩，附近閣有燒烙的硫磺水便便，
攏是做「原種田」上蓋優良的條件。粟種收的時，一穗一穗
靠人工憑頭捻，入佇布袋，頭起先靠人工夯到草山，才閣坐
牛車落去北投，對北投盤火車抑是船，送去到欲佈「落地
仔」的各鄉鎮，「落地仔」日本米對竹仔湖起蒂，推展大成
功，一九二六年正式號名叫「蓬萊米」。

　　我較早佇淡水，有時會坐指南客運到北投國小，盤細
台 bá-suh 起去竹仔湖，散步行山路。彼當陣的竹仔湖誠清
靜，騎 oo-tóo-bái 敢若會共吵著。野菜餐廳佮觀光客攏猶未
有，我對水稻無啥有印象，干焦會記得海芋仔田一坵懸過
一坵，馬蹄形的白花開規大片，媠甲親像佇夢裡。我想講，
彼若是落過雨出虹，就敢若黑澤明的電影《夢》。少年的時
啥物攏毋知，毋知竹仔湖的過去是蓬萊米原鄉，干焦留戀彼
白海芋仔花的浪漫，換做是這陣，海芋仔田裡若出現大大字

的 LOVE 佮粉紅仔色的心，予人翕相拍卡，咱嘛袂意外。彼是佇有歷史的所在，創造一種無記性的媠，虛華、愛嬌、激古錐，雖然嘛是一味媠，總是，去到任何所在攏來這套，就予人蓋想欲捙壁。經過遮濟年，竹仔湖敢有變款？敢有變時行？我真久、真久無行跤到。

當年，若是杜聰明無出面，抑是無夠力，凡勢竹仔湖這馬毋知幾門大官虎的墓。小觀音山真佳哉，觀音山就僥倖矣。西雲岩是「金龜穴」，邊仔五股鄉示範公墓，人講形勢佮南京紫金山真親像，車輪黨的老人有中意，佇遐佔袂少位。中國人毋是像馬偕診斷的，看袂著大自然的媠，個看著的媠是無上帝的，顛倒有西洋人看袂著的「氣」佮「靈／龍」。好風水蔭家己囝孫，別人的囝仔死袂了。欲無，哪會有蹧躂甲遮癩瘔爛癆的山河。

25

馬偕佮阿華踮觀音山轉來，過無幾工後，倩一隻細隻船仔，兩人相佮去五股坑。船先到干豆，才閣幹對正爿一條港仔入去，港仔離崁跤無偌遠，港路雙爿攏水田，欲到位的時，幾若个庄內人出來迎接，個定定去淡水馬偕遐，這是馬

偕頭一擺來拜訪個。

　　彼是一百五十冬前的情景矣。欲去五股坑的港仔，就是塭仔圳。船趁流水對干豆斬過對面獅仔頭，往成仔寮方向入去。佇馬偕的日記佮回憶錄，攏寫著彼條港仔迴過「fine rice-fields」——一八七二年處暑過，猶未白露，稻仔是毋是欲會當割矣？佇日本時代的地圖，塭仔圳雙爿攏是水田的記號 ⊥⊥，圳名寫做「塭子川」，咱台灣話全款叫「塭仔圳」，拈林口坪頂佮觀音山的坑溝水，對新莊、泰山流來，敢會是伊流過規大坵的塭田，做田人慣勢共叫「圳」？至少圳尾欲入淡水河這段，無成是人工開的「圳」。華語版翻譯做「小溪」，台語會變成是「溪仔」，塭仔圳毋是溪，是水量穩定的「港仔」，日本人會用「川」字有理，就像高雄的愛河是「高雄川」，毋是「高雄溪」。「港仔」就是「小河」，我這代的囡仔攏會曉唱「我家門前有小河」，毋過「溪仔」、「港仔」無咧分矣。

　　塭仔圳佇五股坑口有渡船頭，若對另外一爿岸起水，是欲往「洲裡」，就是現此時的蘆洲，馬偕頭一逝去的時夆攑石頭兼潑屎的庄頭。蘆洲閣有阿婆會記得：「初八二三，早滇暗滇」、「初一十五，中晝搭渡」——初一十五倚晝仔滇

流，閣來流水退，中晝搭渡到干豆、滬尾拄好順流；若是初八、二三就愛透早矣。毋知當年五股坑的塔嫂仔攏啥物時辰搭船，哪會孤一人對五股坑去滬尾聽道理？塔嫂仔是一位守寡的婦人人，頭一遍參加禮拜煞，共馬偕講，伊這世人艱苦罪過，神明攏無共安慰著，馬偕講的道理伊真佮意，相信馬偕講的上帝會予伊得著平安，後禮拜伊會炁人來。

　　阮阿母嘛捌共我講過，教會咧唱的歌，伊聽了心蓋清──毋過伊人彼當陣蹛廟裡，也是毋好去。我毋知阿母是家己踏車仔經過教會聽著，抑是啥物人炁伊去的，「聽了心蓋清」，定著是聖歌隊獻詩，無就是會眾吟聖詩。心欲會「清」，袂當嚓嚓趒。少年家的敬拜讚美毋是欲聽「清」的，是欲愛會「熱」、會著火的，偏偏咱這款冷底的人，火夆撲袂著，真無奈何，人規大坵已經滾車車，咱一粒焐袂爛就是焐袂爛的綠豆鬼，加了人的瓦斯。

　　塔嫂仔後禮拜閣來，真正加炁幾若个婦人人，炁來的人一禮拜比一禮拜較濟，到落尾就愛一船載，婦人人坐滿，對五股坑順流到淡水，直接來佈道所。個對福音誠有心，閣攏誠認真，定定邀請馬偕就去個五股坑，馬偕佮阿華才會特別行這逝。出來迎接的五股坑頭人陳炮，生張懸大，勇健健的

人，馬偕分幾張十條誡的單仔予伊，伊當厝邊頭尾面前，隨共單仔貼佇厝內壁頂，對逐家講，伊毋信遐个神佛矣，決志欲照這十條誡來生活。

　　彼十條誡的單仔生做啥款？我教會文獻無接觸，並無了解。想是印漢字，敢會佮掛佇大廳的中堂全版本，面積縮小的細張單仔？「上帝十條誡律 第一誡余而外不可別有上帝 第二誡毋雕偶像 天上地下水中百物勿作像象之 毋拜跪毋崇奉以我耶和華即爾之上帝……」我佇屏東九如佮高雄大寮攏看過，一般人家厝大廳掛神明橱仔的位，換做全全字的上帝十條誡律，毛筆寫的。台灣人真慣勢大廳正中有神明像，各人對神明祈求的攏無全；毋過十條誡無全，彼毋是欲予人寄託心意的偶像，彼是對上蓋頂頭落來的命令，敬拜的人著遵守的律。較早毋捌字的人遐濟，十條誡的單仔，敢會夆當做是鬍鬏番的符仔紙？

　　十條誡內底，有孝父母，袂當剖人、行姦淫、做賊偷、做假干證，這款普遍的的道德規矩，是一般人嘛會認同的。欲佇台灣民間文化的塗肉裡掖福音的種子，上僫傳的顛倒是第一條佮第二條誡。一四界是偶像，有形的、無形的，宗教的、政治的、經濟上的，人人按家己欲愛的去信、去拜，去

製造偶像。這，一百五十冬來應該無啥改變。

　　馬偕來台灣，一八七一年十二月二九下晡四點佇打狗港上岸，隔轉年三月初九下晡三點來到滬尾，無論伊人佇打狗抑淡水，攏真綿爛學咱的話。一八七二年元旦，伊對打狗行到阿里港（屏東里港）拜訪李庥牧師，佇阿里港彼幾工，定向李庥的漢文先生請教，佇遐學會曉台灣話的八聲調。馬偕真拚勢：漢字一改一百字、一百字，硬櫼入去頭殼內；白話字對話一遍餾過一遍，去海邊仔大聲練聲調。佇打狗的海垀，伊新學著一寡詞就佮討海人講看覓，個聽有伊講的；佇淡水出去散步的時，對顧牛囡仔遐學著足濟冊裡無的詞佮句，伊知影彼才是一般人咧講的話。佇倩來鬥跤手的人鬥幫贊之下，伊白話字的對話真精進，會曉的詞彙愈來愈闊，話咧講已經袂頓蹬，主持禮拜也那來那自在。阿華嚴清華，是第一个學生佮信徒，馬偕教伊讀寫羅馬字，嘛是進步真緊。

　　有人話講了鹹：馬偕佇淡水傳教無人插伊，佇五股才有人信教——這也確實。五股坑的人真有情，撥一間空粟倉予馬偕，做伊講道佮過暝的住所，有這个根據地了後，馬偕佮阿華對五股坑出去傳福音，觀音山後逐條路應該攏予個行透透矣，個佇路邊的店仔口講道、分福音單，佇真濟人家的門

前唱聖詩，大部分的人對個攏真好。山邊的竹部、清氣閣挈流的溪、可愛的水沖，遐的馬偕穩當捌行過的坑崁，這馬誠濟攏是違章工廠，廢水排對坑溝，無一條有清氣的原貌。

五股坑的塔嫂仔陳塔，是第一位受洗禮的女信徒，陳炮捐出個厝對面一塊地，起禮拜堂，眾人分頭動工出去採石，塗墼家己曝，台灣北部第一間禮拜堂毋是淡水教會，是五股坑，馬偕夫人張聰明嘛是五股坑人。

禮拜堂入厝的時，會堂內坐甲䀐密密，會堂外濟濟人用倚的。定期聚會頭起先，逐家未慣勢，啥物怪奇的情形都有。馬偕聖歌唱煞欲講道，就有一兩个會眾㧎火石點長薰吹，寬寬仔開始咧食薰，薰焚起來，馬偕點醒個愛遵守基督教示，著恬靜，個隨應：「是，是，阮著恬靜。」頭磕磕頕，誠好禮。當馬偕欲紲落去講，有人閣倚起來喊：「牛佇田裡！牛佇田裡！」小共點拄，閣知應：「呵，是，是，阮愛較恬靜咧。」恬靜落來才繼續講道，無一下仔，閣一个細䠡的婦人人行到門口大聲喝：「豬走去矣！豬走去矣！豬走去矣！」一場講道一直予人拍斷，這䎀使怪五股坑的人，這款禮拜佮講道在個，是非常新鮮的趣味代──才無夠兩個月後，五股坑的禮拜就佮其他基督教國家的聚會全款嚴肅矣。

一百五十冬改變真濟代誌。對淡水到五股坑，騎 oo-
tóo-bái 就到，毋免閣叫船。塭仔圳雙爿岸，早就無人佈稻
仔，新莊的「塭仔圳重劃區」，六千間鐵鉼厝最近一下手拆
了了，等啊等，總算等到著個遐欲發。逐家攏知影馬偕，來
淡水迌迌有淡水教會、偕醫館、淡江中學佮真理大學遮的古
蹟，殼媠媠攏猶佇咧，硞、硞、硞，內底毋知閣有仁無。當
年，馬偕上蓋拍拚學的台語，五股坑人的善良佮熱情，遮的
無殼的仁、看袂著的物件，才是上寶貴的。

後來我才知，當年共獅仔頭磅 -- 開，楦闊干豆門，原計
畫是欲予大漢溪改道對塭仔圳出去。流水倒淹洲仔尾，計畫
失敗，才有尾手的二重疏洪道。

我想像一八七二年滬尾到五股坑的水路光景，煞也想起
人譬相的「落教的死無人哭」：死無人哭的山，死無人哭的
河，死無人哭的台語——個攏總是落教的的款。若我，是寧
可無人哭，較贏倩人假哭。

26

自一九九〇年秋到二〇一五年春，我淡水徛二十四冬。

有一年阮阿母來揣我，我𤆬伊對捷運站行出來，彼工假

日的款，捷運站前的大埕到對面英專路口，插插插全人，誠濟是大學生少年仔。

「驚 -- 死人！欲去佗生遮濟頭路來予遮濟人食……」

阿母的「驚 -- 死人！」，伊家己一定袂記得矣，毋過我會記得。後來，見若落車出站，行到彼大埕邊的矸仔塀，欲予淹過來的人潮駐死的時，就會想著阿母的話。

遮有遮濟，遐就有遐濟，「此有故彼有」？

二〇一五年舊曆過年前欲離開淡水，一堆行李，敲電話叫車，淡水的宏仁車行 28057777，夢中嘛會浮字的號碼。計程仔來，上車，司機問阮欲去佗——

「捷運站。」

「Siáu-tsê，我計程車走遮久，今仔頭一擺聽著人客用台語講『捷運站』！」

伊來淡水駛計程車十五年，進前佇高雄嘛走欲十五冬，高雄屏東踅透透，高雄車頭到潮州一逝彼陣六百，這馬八百矣。彼馬景氣當好，加偌好走咧，攏有彼款三更半暝包車去墓仔埔摃牌的，定定嘛一四界去摃，攏包車的。這馬無矣啦！後來愈走愈無生理，才起來北部，也是咱南部較有人情味。

「有影，按呢，第一擺有人客用台語講『捷運站』，敢有優待？」

「優待?! 今仔開始一逝加二十矣啦，閣優待?!」

「Hánn，二十無共阮優待 -- 一下？」

「過年一逝加二十，一工加兩三百箍，這十工嘛才予你加趁兩三千爾，哪有偌濟！」

落車，車錢嘛是共我收百三，二十照算。南部人的人情味，來到北部嘛是會薄去，冷爍爍的淡水，橐袋仔有錢袋燒燒較實在。頭一擺有人用台語講「捷運站」，閣是「siáu-tsê」，我掠準伊會俗予我，抑是算我免費，哎，食較穠咧！

淡水的春寒，若一領舊裘仔。落來高雄，南台灣的日頭一下照，愛褪起來矣，凡勢無機會閣再穿矣。過去的過去，攏儉佇記憶體內底，佗一工，連記憶體嘛剉離——再會，上淡水。

（終）

九　歌　文　庫　　　1　4　0　2

我隨意，你盡量

國家圖書館出版品預行編目 (CIP) 資料

我隨意，你盡量 / 王昭華著. -- 初版. -- 台北市：九歌，
出版社有限公司，2023.04
　面；　公分. -- (九歌文庫；1402)
ISBN 978-986-450-551-7(平裝)

863.55　　　　　　　　　　　　　112003055

作　　　者──王昭華
審　　　訂──盧廣誠
責任編輯──張晶惠
創 辦 人──蔡文甫
發 行 人──蔡澤玉
出　　　版──九歌出版社有限公司
　　　　　　　台北市 105 八德路 3 段 12 巷 57 弄 40 號
　　　　　　　電話／02-25776564・傳真／02-25789205
　　　　　　　郵政劃撥／0112295-1

九歌文學網　www.chiuko.com.tw

印　　　刷──晨捷印製股份有限公司
法律顧問──龍躍天律師・蕭雄淋律師・董安丹律師
初　　　版──2023 年 4 月
定　　　價──360 元
書　　　號──F1402
ＩＳＢＮ──978-986-450-551-7(平裝)
　　　　　　　9789864505524 (PDF)

本書榮獲  贊助